散文无界+

太符观的秘密

韩守林·著

山西出版传媒集团 北岳文艺出版社

图书在版编目（CIP）数据

太符观的秘密 / 韩守林著 . —太原：北岳文艺出版社 ,2016.8（2023.6 重印）
ISBN 978-7-5378-4870-1

Ⅰ . ①太… Ⅱ . ①韩… Ⅲ . ①散文集—中国—当代Ⅳ . ① I267

中国版本图书馆 CIP 数据核字 (2016) 第 183213 号

书　　名	太符观的秘密
著　　者	韩守林
责任编辑	赵　婷
书籍设计	张永文
出版发行	山西出版传媒集团·北岳文艺出版社
地　　址	山西省太原市并州南路 57 号
邮　　编	030012
电　　话	0351-5628696（发行部）
	0351-5628688（总编办）
传　　真	0351-5628680
经 销 商	新华书店
印刷装订	山西万佳印业有限公司
开　　本	787×1092　1/32
字　　数	146 千字
印　　张	10.5
版　　次	2016 年 8 月第 1 版
印　　次	2023 年 6 月山西第 2 次印刷
书　　号	ISBN 978-7-5378-4870-1
定　　价	38.00 元

本书版权为本社独家所有，未经本社同意不得转载，摘编或复制

目 录

题外话 古道遐想	/ 001
人文环境背景	/ 006
精巧的布局	/ 012
昊天殿	/ 017
后土圣母殿	/ 061
五岳殿	/ 091
山　门	/ 109
碑　碣	/ 114
二十八宿保刘秀	/ 138
锦上添花	/ 144
传说存要	/ 154
后　话	/ 160

题外话　古道遐想

其实，汾阳境内的307国道在古代就是一条官道。因为它不仅承担着太原与晋南之间的联系，也更是贯通三晋与陕甘一带的必经之路。只是，后来名声大噪的美国人史迪威1921年主持修筑时，在汾阳段的罗城村一带稍稍向北偏了一下，才形成了今天的格局。一条写满辙印，流淌着历史的土路从此开始承载一个个绝尘而去的橡胶车轮。

唐代，日本和尚圆仁，披着从长安领到的袈裟，手持锡杖，经由这条官道，从太原到清徐，在杏花村旁的郭栅村住了一夜，再到汾州城内礼佛和品茶。这件事，被他写进了渐渐为人所知的《入唐求法巡礼行记》。如此，早年的诗人杜牧走《并州道中》，写《清明》诗，也正是这条路。冷雨凄迷、热酒入肠，他也许就是在郭栅村遇到了激发他写诗灵感的牧童。于我，站在这片古老的土地上却总是在猜测，这个牧童究竟是谁？他有没有一些让人流连的故事？不少写写画画的人，都直接把他臆想成了一个放牛娃，画在纸上、竖在地上。而在我的脑海中，这位袍袖飘逸心情不爽的老人，在这里其实是碰上了一个放羊的孩子。在广袤的平原上，在方吐新芽的杨柳下，十字路口，他头扎双髻、腰挽麻绳，一声响鞭，嘹亮的鞭梢裂破的声音便划破蓝天，惊落满树的杏花。于是，杜老先生诗兴大发，精神为之一振，引酒入诗以为快意。

从此，杏花村的美酒益发知名。

宋朝，幼小的狄青进城，走的也是这条路。而因为他的一世威名，所以,这条路又被当地人称为"狄道"。

1934年8月初的一个闷热的日子,从太原方向摇摇晃晃驶来一辆客车,吭哧吭哧地在新修的道路上前行。因为是砂石路面,车也老旧,所以走得很慢。刚刚驶过坍成半截的上贤梵安寺塔,过了冀村有两里路了,又转了个弯折回去——在冀村口下了一个挟着蓝布包袱、反节令还穿着棉背心的老太婆。老太婆不停地絮叨着路口的变化,以变相解释她的眼老昏花,一边等待师傅从车顶上把她的行李取下——车子才又向前走去。

这辆车上坐了很多人,现在大多和那位牧童一样,已然不知了名姓。能够知道的,是两对夫妻。一对是中国人,梁思成和林徽因;一对是美国人,费正清和费慰梅。他们在庄化桥上下了车,等师傅把他们的行李取下来,才在惊叹声中,坐上了接他们的福特牌汽车,向峪道河上游逶迤而去。

梁思成与费正清夫妇

从此,在当地村民惊奇的目光中,他们开始了为期三十多天的晋汾古建筑考查。

"居然到了山西,天是透明的蓝,白云更流动得使人可以忘记很多的事。更不用说到那山山水水……小堡垒,村落,反映着夕阳的一角庙,一座塔!景物美到使人心慌心痛。"显然,林徽因对这个暑假的安排十分满意——原本,他们是计划到北戴河去避暑的。

他们住在河谷中由磨坊改建的别墅里，与那一帮改建别墅的外国牧师为伍，享受着泉谷中的沁人凉气。按照他们的计划，每天翻阅着小本本上的从县志里抄来的附近早期建筑的名录，他们很想在这里圆梦——找到梦寐以求的唐代原构。而这些最有可能的建筑，居然大都坐落在这条古道之上。从此，他们以峪道河为大本营，早出晚归、梯上梁下，中午只是对付一顿野餐，反反复复在古道上走来回。大相村的崇胜寺（县志：在城北二十里大相村，大齐天保十年（751）建。中殿有龙槐一株，大三围，甚苍古，碑记失传）、小相村的灵岩寺（县志：在城东北二十五里小相西，隋唐来历代修饰。宏丽壮观，后建石塔。为郡东一大精舍，自隋唐以来，莫之或衰）、杏花村的国宁寺乃至开栅村的圣母庙等大型建筑群，都纳入了他们的视野，他们进行了细致全面的测量。在这种纷忙中，林徽因写出了散文名篇《山西通讯》。

在汾考察途中被围观

从峪道河回京以后，这两对夫妇不仅因之而加深了堪称典范的中美私人情谊，林徽因还写出了通篇洋溢着香味的散文《窗子以外》。次年，梁、林二人合著的《晋汾古建筑预查纪略》面世，把这一次的考查收获在学界发表。有发现早期建筑手法时的惊喜，也有找不到时的淡淡忧伤。

一篇考察报告竟被他们写成了让人爱不释手的美文。也许因为建筑之美，也许因为文笔之美，到今天，还有他们的"信徒"沿着他们的足印，一处处地寻访这些古迹，并把这几十年的世道沧桑记录下来，作文纪念。

在这三篇文稿里，到处可见的是对汾阳的赞美。"汾阳城外峪道河，为山右绝好消夏的去处"。回京途中，他们"在大堆行李中捡出'粗重细软'——由杏花村的酒坛子到峪道河边的兰芝种子——累累赘赘的"，据说还有赠予某君的一罐子老陈醋。也许是一种缘分沉集于此，这次考察的整整三十年后，先生的儿子梁从诫被下派到峪道河水泉村，参加了这里的农村"四清"运动。

梁思成没有想到的是，到今天，他们写过的那些汾阳的建筑，几乎已经全部被夷平，变作了一宅又一宅预制板搭制的民居。留下来的，只有他们的文字，和引发人思古幽情的那几张照片了。而他们反复走过的古道，不仅早就铺了柏油，而且路面一直在加宽、路基一直在加高，早已是一条通衢大道。

咫尺之间，人与物真的就这样擦肩而过——就在他们反复路过的郭栅村的北面、杏花村国宁寺一箭之遥的地方，虽然历经"史无前例"的风雨，但居然保存下来了目前汾阳和吕梁最早的建筑——太符观，而且几乎原汁原味。算是一个奇迹，也着实让人唏嘘不已遗憾不已。

历史在向前推进的时候，虽然总是在裹挟一切

百年凝眉——林徽因和小相灵岩寺铁佛的对话

随着潮流日新月异着,但总会在不经意间把一些刻满时代印记的东西遗留下来,留在乡野的古风中闪光,成为人们呼吸古代空气、唤醒想象能力的凭借。

作为金、明两代古典艺术的实物载体,太符观正是这样一颗珍珠。

人文环境背景

从汾阳城向太原方向驱车二十分钟,或者从青银高速杏花村出口到307国道左转行走五分钟,在永安村境内,路边可以看到太符观的指示牌。从牌下折北出村,远远地,大殿上色彩斑斓的琉璃瓦和绰绰约约的红墙早早地就显示出一种宗教气氛。庙宇的背后,是一座连绵起伏的青色的山峦,冬峻夏翠,宛然若画。

千年道观就在眼前

前文曾经两次提到过郭栅村。永安，即古郭栅村也。

郭栅是汾阳至目前最早见于典籍文献记载的古村。唐开成五年（840），圆仁和尚在他的日记体《入唐求法巡礼行记》中写道："廿九日……斋后，行卌里，到郭栅村，入村寺宿。院主僧见客不喜。"《金史》说"汾州西河有镇一，郭栅"。可知，郭栅镇早在唐宋时期，就已是太原、汾阳之间的交通驿站，成为往来游人餐饮和投宿之所。而到清代，也有"郭栅铺"的地方志录。

把一座道观建筑在古道、古镇与一座莽莽苍苍的大山之间，总让人感觉此中有着某种神秘的意味。回想起来，户县祖庵镇由金代著名道士王重阳创建的重阳宫，不也是坐落在终南山的怀抱之中吗？这种选址理念，不仅是古代风水理论的实物表达，也是古人崇尚自然、敬畏自然的积极体现。

这个郭栅古村还颇有些来历，曾经不止一次地被刊刻在印刷品上做它的墨香梦。

1931年6月，在晋绥党组织的策划下，经杨重远、阎红彦等人具体联络，驻扎在这里的国民党军赵协中部第三营第三排，在共产党员牟姓排长和冯全福班长的带领下，经过周密部署，将部队拉上了吕梁山，编为晋西游击队第三中队，成为我军早期的一支有生力量。在当时的党、军内外都造成了很大影响，史称"永安兵变"，是地方党史和军事史上的重要篇章。

无独有偶，回眸八百年前，宋金交替之际，这里还发生过一次"兵变"，只是这次兵变常常被人用来做"警示"之用。这件事，在二十四史中的《宋史》和《金史》上都提到过。《三朝北盟会典·五十一卷》："（靖康元年八月）五日戊戌，察访张灏会将兵驻於汾州，遣统制张思政、折可求、冀景进兵於郭栅。七日庚子，粘罕兵破郭栅，张思政、冀景奔回。张思政等屯郭栅，深沟高垒，未尝料敌迎战。金人既近，而冀景寨中忽张青盖，贼视而不击，惟攻思政等寨。矢石交射，金人冒矢急攻寨中，人兵退移竟为所败。惟冀景全军奔回，将兵死於寨中不知其数。张灏招集溃兵诛冀景。"

"又诉冀景有异意金人,既至,乃於寨中张青盖为号,贼人不攻。又见危不救,而反奔溃。灏遂下景等狱,勘验得实,戮景於市,死者五十二人。"这两段文字,把这场战斗的时间、地点、规模和具体情形描写得十分详细,冷兵器的相互撞击声似犹在耳。"兵变"的主角,军官冀景遇敌不战而是悄悄举起"青盖",十足的一个通敌投降派。对这次"兵变"不惜笔墨进行描写,实际上道破了兵败之由、离心之害。这场失败的战役最终用叛将冀景的鲜血做了最后的了结,也算是对父老的一种告慰。而文中的"深沟高垒"等字眼,把这里当年丘陵台地地区的地貌特征呈现在读者面前。

七十年后,当战马的嘶鸣之声早已消失得无影无踪,人们听惯了女真人官兵的故事的时候,终于有人动议,要在这片土地上兴建一处道观,以祠祀天地之神。因此,太符观由此诞生了。

清代初年,学者朱彝尊远道而来,到郭栅村访古。让他欣喜的是,就在郭栅村与太符观之间的土岗上,发现了一块书文俱佳的唐碑。在激动之余,他将这件事和碑文一起,记录到了他的《金石文字记》中。

不用再述说金戈铁马的悲壮,因这悲壮下面还掩埋着太多已经不为人知的故事。

汾河谷地的二级台地地貌特征十分平常,但在考古学上它则完全有着另一种可能,是早期人类生活的区域,而事实上这里确实也是一处新石器遗址。1982年,由山西省考古研究所和吉林大学考古系联合组成的晋中考古队在田野调查的基础上,对太符观之西的小片区域开方、开沟进行了科学发掘。遗址内容极为丰富,灰坑、墓葬、房址等不断被发现。根据层位关系对其内涵分析,遗址堆积形成共分为八个阶段,时代跨越较长,从新石器时代仰韶文化中期一直到商代,且文化特征具有其独特性。说明原始人类在这里曾经生活了三千多年,直到新的农业文明的出现。因其位于杏花村之北,这里被命名为"杏花村遗址"。

杏花村遗址

也就是说,这座建于 1200 年的建筑不但坐落在发生于 1126 年的宋金郭栅之战的战场遗址之上,还坐落在六千年前的新石器遗址之上。地上地下、书里书外,到处都是古风扑面,应当算得上是古韵悠长吧!实际上,只要你留心,在太符院内,我们很容易就会找到那些经历了六千年风雨的灰色陶片。绳纹的、篮纹的,盆沿、罐口,哪一片不会让人想到历史的悠远?而或许,我们在这些陶片的边缘,还会遇到古人制作陶器时留下来的指纹,常常又会让人怦然心动,感觉到生命的无常。寒暑交替,时光荏苒,历时三千多年的杏花村遗址蕴含了先民无尽的秘密,带给了我们无穷的想象。

当我们把想象的目光投向远处,青山巍巍,正默默地俯瞰着它怀中的这片土地。

透过薄薄的岚霭,这座堪入诗画的青山一下子跃入我们的眼帘,它其实算是一座儒学名山,官称子夏山。

子夏山远眺

子夏，本名卜商，春秋末年卫国人，是孔子的得意门生。在孔夫子的弟子中，他以"文学"见长。"文学"，应当是后世所说的"经学"——因为子夏曾经"序《诗》、传《易》、传《礼》、受《春秋》于孔子"，并以此四科优于别人。影响中国两千三百多年的"仕而优则学，学而优则仕"，正是子夏先生的名言。

传说卜子夏晚年退隐于山中，设教西河，所以唐玄宗开元年间改称此山为"子夏山"。《山西通志》记载："隐泉山在文水西南二十五里，汾州西北四十里。山壁峭立，有泉隐没不恒流，因以名山。一名陶山、一名汤泉山。卜子夏退老西河之上，即此地，又名子夏山，一名商山。山有石窟号隐堂洞，亦子夏室，其东有马跑泉。"《汾阳县志》云："其山石险壁立，天匝崖平，其石室去地可五十丈许。层松饰岩，列柏依壁，惟西侧得历阶升。"现在人们统一其称呼为子夏山。

子夏石室是山上的主要文化遗存。在这个偌大的天然山洞旁，人为凿出了不大的两处石窟，门楣雕有极富大唐气息的花草图案，题有联文：将勤补拙、以俭助贫。横批：中和。石窟前壁留有据说是虞世南的手迹"石门宕雪"。上下子夏石室的山壁野径上，还有关于明代嘉靖年间介休人"庸农子"事迹的摩崖石刻，叙述了庸农子在此修道和坐化的故事。其中"（嘉靖）九年及岁次庚午冬，端坐而逝。越今年壬申春，坐形如初"的描述让人匪夷所思，让子夏山更加神秘起来。

神秘的石室就在山中

相对于从悠远的历史中走来的郭栅村、杏花村遗址和子夏山，太符观所在的上庙村倒只是一个小小的普通村落，庙中的创建碑碣上竟没有这个村名。村中最古老的，大约是庙院东墙外的一株老槐。虽然算不上老态龙钟，但其黝黑的皮肤，显然在证明着曾经的青春时光。上庙村据说原名衍庆村，与明代庙碑上的某些字眼相同。它应该是在太符观建成以后，因为越来越旺的香火和各种吉日、庙会上人流的聚集，才逐渐有人落户，以致慢慢形成了一个村落。村庄的年龄应当不会超过元代！这一点，村以庙为名本身，也是一个很好的旁证。

精巧的布局

在太符观,哪怕是一抔泥土,都散发和流淌着无尽的古典的美的气味,可以算是纯正意义上的古色古香吧!

先民们从漫长的农业时代一路走来,在极端闭塞的乡野,除了来自遥远的皇宫的似乎不可逾越的各种号令,日日相伴的,只有几亩不甘寂寞的土地。白天,烈日炎炎,晚上,一片空寂,生命在无休止的春夏秋冬中与时俱衰。在巨大的精神空间里,在面对大自然的无奈中,宗教就这样自然地产生了。形而其上,一些甘于寂寞勤于思考的哲人创造出了更容易让人接受的神和神的体系。这种源于人类对生命的思索,最终变作与日常生命息息相关的行为。于是,日月星辰,变成人们臆想中神在上天的运行;风雨雷电,则是神对人间最现实最重要的力量施加。几乎没有谁想到去和神的力量抗争,芸芸众生能够做到的,只能是对神意的顺应和对神的膜拜。

我国道教已经有很长的历史,但形成一套比较完整的理论体系,显然与佛教的传入有极其密切的关系。与佛教的寺庙相对,中国道教将大一些的道教活动场所称作宫观。据说,宫的概念还是皇帝钦定建设的道庙的别称。历代统治者正是在对宗教了解的基础上,牢牢把握了宗教领导权,并在民间大力推行,将宗教变成了他们很重要的统治工具。在皇权与神权的双重管理之下,人们的思想更加封闭,只能成为更加忠实的神的仆役。而从另一个角度来说,人们在精神上对宗教的皈依,对于个体,也是很重要的一种生命完善形式,客观上形成了大千世界的和谐有序之象,成为社会稳定的一种重要力量。

太符观应当正是在这种意识形态之下,由人们思想到行为的自发和自觉相统一开始,到捐款捐物和营造的具体实施的过程,形成了一个凝固的物化载体。

遗憾的是,随着清代道教的式微和观内记录的缺失,关于太符观的有关道教活动情况我们大都难以稽考,当年的羽客们活动情况不得不付诸阙如了。似乎可以确定的是,太符观属于道教中全真道的丛林。

在一个和煦的春日,看着满眼的古色,嗅着满腔的古香,满怀虔诚,我们步入了这方充满神秘的土地。

山门之内一瞥

太符观原来是如此精致。

从前,最先抢入人眼的是一座高大的木结构牌楼(已毁)。四柱三门,飞檐翼角、斗拱勾连,彩绘耀目。从牌楼下步入,让人一下子感觉到自身的渺小与无力,陡然增长了对神殿的敬畏。

放眼望去,一道红墙拦在眼前。地势随着红墙和一座牌坊式的山门突然抬高许多。太符观赫然就在眼前。

典雅的山门

　　山门之左，大院的西侧，有一个小小的月门静静地立着，是道士院和紫微阁（主建筑为二层，已毁）的入口。

　　亦步亦趋，踏着宽大的砖砌礓磜仰身徐行。进得山门，满眼都是原汁原味的古构，满眼都是古代艺术的芳泽。遵循中轴线建筑之制，太符观之左右建筑在平面上也是可以完全重合的。正殿与两座配殿映入眼帘，三大殿互为依托、十分紧凑地组合在一起，与满院的古碑、松柏相映成趣，组合成一幅古画。一丛丛牡丹五颜六色正恣意地开放着。

　　当初，进门后左手是二郎殿、右手是关王殿，中间是当作过殿的马王殿，其上是倒座的乐楼。几十年前，这些建筑在人们的漠然中在无情的风雨中灰飞烟灭。现在，只剩马王殿的两尊像，无奈地委身于圣母殿神台的一侧。而乐楼左右的窑洞顶上，正是记载悠悠时光的钟鼓二楼。

　　紫微阁中堪称精华的二十八宿塑像，1976年，有识之士抢救于行已倒塌的阁楼废墟之中，目前安然地保存于馆阁。值得称道的是，其中的几尊像还作为山西古代雕塑的代表经历了海外的游历、省博的展览，接受过无数的啧啧之叹。

在这块不足一公顷的土地上，虽然许多构筑物已与世长辞，但眼前的遗存，也足以让人长抒思古之幽情，沉浸于古代艺术的魅力之中。

忽然想到了人类之手。

据说，在很早很早以前，华北平原居然是一片广袤的原始森林。伴随着旧石器时代的结束，人类把一片又一片肥美的土地化作农田、化作牧场。在一双又一双结满老茧的大手之下，一棵又一棵老树轰然倒地，惊跑了正蛰伏于此的野兽。很早很早以前，太符观周边的土地，想来也应是一大片望不到头的森林。它们紧傍子夏山，曾经无止无休地遮盖了长满腐殖质的大片土地。

正殿配殿钩心斗角

从地上建起地穴式、半地穴式房子起，木头就成为人类须臾不可离开的伴侣。它们不仅是人类生火造饭的原料，更是营造栖身之所的主力。从鲁班因手掌被草叶划破而发明锯子开始，无数的木匠在无数的木头上创作了无数的作品。中华古建筑体系的形成，正是在匠人粗糙的手中，经过人们对树种、对木性的深刻理解，经历了无数次的失败和成功，最终得以定型。到后来，没有生命的木头被人砍斫作各种形制、被锯刨出各种榫卯、被称作各种早已远离它本体的文化术语，变成了建筑上的各种构件。

与西方建筑不同，我们的传统建筑是从土地上长起来的。

在殿堂中，在民居中，除了木料，其余的砖瓦、雕塑等等，哪一样不和土地有着割舍不开的养育情结?而在这些建筑材料建筑成品上,又有哪一个不是印满了人类的思维和手掌的痕迹?

所以说,建筑不仅是凝固的音乐,更是人类永久的记忆。我们完全可以也完全应当从它们不朽的年轮中,去找到那些已经消失的过去。

昊天殿

昊天殿

远远望去,在那两株长得葱葱茏茏的侧柏之后,正殿的两个檐角正展翅欲飞,悠闲地将前檐的檐口带出了一道漂亮的弧线。与和它平行的也略呈弧形的正脊一起,使宁静的庙院、使沉闷的空气都变得灵动起来。殿顶孔雀蓝、明黄和绿色的琉璃瓦泛出的辉光更让这一切灿烂了、活泼了,也神秘了。这一切,应该就是古人追求建筑物形象的"如鸟斯革,如翚斯飞"吧。

正殿檐口

正殿檐角

因为没有题迹也没有庙志,这座庙的始建年代实际上至今还是个谜。但是它的前坎墙上镶嵌的一方碣石,悄悄透露出了它的年龄信息——《太符观创建醮坛记》记载它创建醮坛的时间是金承安五年(1200)。因为它的建筑手法与这个标示时代大体相符,所以,古建筑学者就顺手把这个时间拿过来,做了正殿的年代。

建筑是一个时代的文化表征,它代表着时代的性格。我们欣赏传统建筑,正是通过对这些时代元素的解读,去体悟那些远去的时代风华。我国建筑从雍容华贵的唐代开始,到宋代,已经形成了一个完备的体系。

在木材资源极其丰富的前提下,早期建筑以其用材硕大、结构合理形成了独树一帜的风格。那种喷薄大气,更像是一种特立独行的气质。应县木塔、蓟县独乐寺……与后期建筑相比,与现代建筑相比,无一不在散发着令人喟叹的时代风尚和营造神思。

人们参观古建筑要留心它的时代,意义正在于此。

早些年听说,应县木塔每年都会迎来一位日本客人。他与别人不同的,是在长久驻足参观之外,还有一个愿望,就是要义务参加木塔的维修。因为木塔维修工程无限期的搁浅,所以,于他,只能是一次又一次的参谒。他,是日本的一个普通民众,一个从事建筑业的木匠。

碑记题铭

正殿为昊天玉皇上帝之殿,又称玉皇祠,是太符观最高级别的建筑。外形上采用了歇山顶——又叫单檐九脊顶(一条正脊、四条垂脊、四条戗脊,共九脊)或厦两头造(与悬山顶相对,悬山顶被称作不厦两头造)、曹殿。

有意思吧?古人总喜欢用形象的语言描述事物。所以,本篇在维持通俗本意的情况下,尽量使用这些古代名词,也算是对古建知识的普及吧。正殿与其他殿宇不同,建在高高的台基之上,鲜明地突出了它的主导地位。歇山一名的由来，据说是从正脊以下，垂脊折断变作戗脊，举折也在此变得更加平缓，好像在此歇了一歇，故称。台明之前，是一个宽大的月台，略低于台明，即所谓的正座月台，是祭仙礼神之用。月台之前，设一个六级踏跺，青石造。月台之制，为后世所沿袭，除了它的实用功能外，感官上延伸了殿堂的空间，延长了人们的心理过渡过程。

正殿踏跺

　　正殿面阔三间，进深六椽（即纵向在每缝前后共搭设六根椽），平面上略呈方形，在正面辟有板门和直棂窗。板门和直棂窗这种古老的形制，使得殿内显得幽暗而深邃，扩大了神与人之间的距离，强化了建筑的宗教功能和神秘色彩。

　　1925年，在美国宾夕法尼亚攻读西方建筑学的梁思成，突然收到父亲梁启超从祖国寄来的一套书，是新刊刻的宋代李诫所著的《营造法式》。梁启超还在扉页上题写了"此一千年前有此杰作，可为吾族文化之光宠也"之句，显然隐含着对儿子的勉励。这套书是被当时的交通部长偶然发现，在他的极力推崇下，先被影印、后被石印。梁思成收到书后，大喜过望，但打开书一看，却傻眼了。原来，书中这些佶屈聱牙的文字不知在何朝何代早已失传，那些名词术语比英文都要难懂。他当时没有想到的是,在清代,还有一套已经成形的建筑理论。从美国归来后,梁思成从书本走到田野,再从田野走回课本。无数次的反复之后,终于打开了中华古建筑的门扉,经过营造学社同仁的努力,最终形成了一套属于我们自己的建筑理论。后来人们发现,古建筑中好多名词术语虽然难懂,但它极富文化气息,能给人以实物之外更多的美的享受。

让我们迈进古建实物与名词的双重门槛,通过太符观建筑的结构,去对这些看起来十分类似但又截然不同的"木头"进行进一步的了解。按照一般的介绍原则,先看正殿的梁架。

梁 架

也可以说,我们的传统建筑是用木头垒起来的。从原始建筑开始,人们在经过无数次的搭积木游戏般的实践之后,呼吸着木料带来的原始的香味,对木材的性能有了非常透彻的掌握。每一个材料的名称、形制和尺寸,在相当的建筑体量之下,都有了明确的行规。这是古建筑时代风格形成的主要因素,另一方面,也和今天建筑业的材料使用推行规范标准有着相同的意义。

基于人们对现实生活中建筑对于防风、抗震性能的需求,中国古建筑"墙倒屋不塌"的结构技术终于成熟了。构件与构件之间通过榫卯的咬接,在不使用一个铁钉的前提下,可以使木构的生命延长到千年以上。这是建筑上的奇迹,反映了先民对于木材深入透彻的理解。到今天,民间仍有"立木顶千斤"的说法,可见其影响的广泛程度。

梁架是中华传统建筑的骨骼所在,不仅承托和舒展了宽大的屋面,而且许多木制构件还具有十分强烈的时代风格和地方风味。所以说,它既是建筑的,也是文化的。为此,我们费一点笔墨,对正殿的梁架进行一些较为详细的介绍。不得不说的是,较之同类建筑,正殿的梁架结构手法显得更为复杂——因为它平添了一套三椽栿的结构,从横断面上看,纵向上从下到上就有了三个大的构件——四椽栿、三椽栿、平梁,真有点像梁思成先生对杏花村国宁寺"几不若以建筑规制论之"的描述。

梁架采用"彻上明造"的手法，各梁栿与节点均一览无余。

纵向梁架

总体可以表述为：四椽栿下压乳栿用三柱，上承三椽栿前压接劄牵。这句话是不是有些怪？是够怪的，让我们慢慢来解读。栿，是古建中最重要的构件之一，清式建筑称其为梁，汾阳当地使用更古的名称称作"柁"，是屋顶的纵向大木构件。所谓四椽栿是指这一根栿之上通头共承托着四根椽子（准确说是两槫之间的水平长度称作一椽），是对它的长度的表述，也是对它结构和功能的表述。乳栿是联系檐柱和内柱的短栿，为二椽栿。因为乳栿之尾位于四椽栿梁头之下，所以叫下压。乳栿之前端用半驼峰与里转斗拱相接，这一做法，除了五台佛光寺，算得上是一处早期风格的孤例。

而再上一层承托的，是三椽栿，三椽栿前面还有一根与乳栿平行的构件，长一椽，谓之劄牵。结构上是三椽栿在上、劄牵在下，所以就表述为三椽栿压接劄牵了。

平梁之上

再看屋架的上半部分,即三椽栿之上的部分。平梁之上,由合楷、蜀柱、和两根大叉手共同承托脊槫,在相交处,采用了丁华抹颏拱和襻间。为了便于理解上述内容,先做一个简单解读:平梁即位于脊槫下的纵向的梁,长二椽。合楷位于平梁与蜀柱的交接处,目的是为加固梁与柱的连接。槫,为最常见最重要的横向构件。脊槫,顾名思义,是位于正脊的槫,也是位置最高的槫。与其相对应,再下的槫谓之平槫,最下部位于檐部的谓之檐槫。丁华抹颏拱是一个非常形象化的小构件。颏,下巴也,是用来承接脊槫的小拱木。襻间,用于椽下,是联系各梁架的横向构件,以加强结构的整体性,其实质是一根枋木。枋木,即方木也。

是不是越说反而越复杂了?介绍这些的原因在于,在古建筑中,叉手、丁华抹颏拱和襻间,有明显的早期建筑(元代以前)特点。到明清时期,它们大都被简化而不再采用。所以,有兴趣的朋友,不妨找几本古建筑方面的书籍来研读一下。

返回来再看，平梁与三橡栿之间，也用合楷、蜀柱连接，但那根极像叉手的物件，名字却变了，虽然形制和作用类似，但在此被称为托脚。

宋代李诫的《营造法式》，是我国古代建筑的集大成之作，它不仅是对早期建筑的名词的阐释作品，更是一部工程作法的规范。

三橡栿与四橡栿的连接，相对要简单得多，只采用了蜀柱、襻间与斗拱。但值得注意的是，四橡栿虽然也是直梁，但它的两端却进行了加工，砍出了弧线，呈现出早期建筑常用的月梁之制，外观上显得十分优美。

平直式丁栿

以上，是太符观正殿明间梁架的结构的基本描述。说到明间，还须再做必要的解释。古人谓两柱之间为一间，这是间的基本概念。但在面阔方向，各间的名称并不相同。如一个七间大殿，从中间一间开始，一般可以依次称呼为明间、次间、尽间、梢间等。

因为是歇山结构，所以，太符观正殿的次间梁架与明间梁架有很大差别。

首先是一个特殊构件即系头栿的采用。系头栿——歇山建筑屋顶四面出檐,其中,前后檐檐椽的后尾搭置在前后檐的下平槫上,两山面檐椽后尾则搭置在山面的一个似栿又非栿也非槫的特殊构件上,这个只有歇山建筑才有的特殊构件被称为系头栿,清代名称为采步金。

它的目的是山面加坡时搁置横向的檐椽,其上部刻有椽椀,安置披檐椽尾端。

系头栿及山花内部

太符观正殿系头栿在结构上,是由两山斗拱和四椽栿共同承托丁栿,丁栿之上采用驼峰、栌斗和泥道拱直托系头栿之两端。其中丁栿之头伸出斗拱,斫作两山外檐的二跳华拱(后侧丁栿伸出部分有异,斫为耍头)。较为特殊的是,它在次间的梁架上,还采用了内额,使内额与两山阑额相交,山檐普拍枋与内檐普拍枋相交,内柱与两山檐柱直接发生了联系。这种做法,似乎并不具备普遍性。

山部斗拱里转

正殿梁架上还有一个特别的构件,它位于丁栿之上的枋木中部,与上层的平槫的襻间节点相联络,立面上与纵向托脚呈一直角,是襻间托脚。与同期的繁峙岩山寺、朔州崇福寺手法相同。

因为多了一层三椽栿结构,形成了新的一道"圈梁",笔者曾怀疑大殿原构存在平棊,但看到平梁乃至脊槫都依稀可见彩画,才确定它原本就是彻上明造。

另一个特点是位于外檐部分的普拍枋十字相交而阑额不出头,是鲜明的宋代风格。

普拍枋及阑额

这种个性结构的形成，大致有两方面的原因：一、太符观是毕竟是一处乡野小庙，受地方习惯传习过多；二、到金代，宋朝形成的理论已然不再有效，随意性增强。所以，它呈现出了十分丰富的地方文化色彩。而更能显示正殿的自身特点的，还有它的斗拱。

斗　拱

斗拱（宋式称铺作）是中华古代建筑最为特别、也最为抢眼的一个结构单位，是古建筑最为特别的一个符号，在力学与文化两个方面，都有不可替代的意义。

在立柱和横梁交接处，从柱顶上的一层层探出成弓形的承重结构叫拱，在拱之下以及拱与拱之间垫的方形木块，因其形如量器之斗，所以也被称作斗。两者合称斗拱。这是斗拱的官方解释。在构造上，斗拱将屋顶的重力均衡地分解到用于承重的柱顶之上，强化了各构件的作用，提高了构件的抗压、抗剪、抗震性能，大大增加了构件的生理寿命，是中华古建筑所特有，所以才成为中国古建筑最重要的LOGO。

正殿的斗拱可分三个部分进行介绍。

前檐斗拱：共七朵，可分为三种。柱头铺作，共两朵。五铺作双抄里转五铺作偷心造。栌斗位于普拍枋之上，上接泥道拱。泥道拱上承慢拱托压槽枋、瓜子拱承罗汉枋、令拱托撩风槫，耍头作蚂蚱头。与柱高比例约为四比一，整体上壮硕而简约，颇具早期建筑共有之风范。里转部分，一跳华拱通过"半栿峰"承托纵向之乳栿，二跳华拱后尾延伸承横向之罗汉枋，耍头后尾延伸接蜀柱承剳牵。值得记录的是，令拱之材显然小于其他拱枋，是泥道拱用材之一半，显得有些委屈和无奈。不知是否算是一种个例特征。补间铺作，共三朵。外檐形制完全与柱头铺作相同，里转五铺作偷心。但耍头后尾上承蜀柱，直托下平槫。转角铺作（翼角斗拱），共两朵，实际上是与山面共用的。五铺作双抄里转六铺作三抄并偷心，上施抹角梁承托下平槫。瓜子拱延长，成鸳鸯交首拱。正面与山面的双抄在里转并不出跳，只45°斜拱里转出跳，承接十字枋木。

斗拱之上，设遮檐板遮盖檐椽。

转角铺作

补间铺作

柱头铺作

里转偷心之补间铺作

山面斗拱：共五朵。其中转角铺作两朵，柱头铺作两朵，前檐补间铺作一朵。转角铺作与上述一致，不再介绍。柱头铺作与补间铺作在外形上，与前檐完全一致，只里转部分不同。里转也为五铺作偷心造，柱头铺作耍头实为丁栿的延伸，补间铺作的耍头后尾承罗汉枋。

山面斗拱之外檐

山面之转角、补间、柱头铺作

后檐斗拱：共四朵，其中两朵为转角铺作，两朵为柱头铺作。乍看，柱头铺作似乎沿袭了汉唐铺作遗风，是铺作个例中的"把头绞项造"的作法，即一跳华拱实为四椽栿的后尾。但经里外对照察看，才发现并非如此。它的形制并不为《营造法式》所记，有些特别甚至有些古怪。从外部看，和其他檐下一样也是出两跳，五铺作。但从内部看，第一跳里转为华头子，用材硕大，上承砍作月梁形制的四椽栿后尾。四椽栿之后尾向外延伸，出外檐斫成二跳华拱之制。不尽合理的是，二跳华拱的抄

后檐斗拱

后檐之柱头铺作

头被人为斫作一个丧失结构意义的楔状斜面，以适应整体的尺寸要求。耍头里转为枋木，长一步架，上承驼峰、坐斗、襻间共同支撑三椽栿。耍头之外部奇大，外观上十分像一根梁头。同上，不尽合理的是，在它的颈部开槽，置半材令拱，共同承托撩风槫。显然，令拱的存在，更大程度上只有美学上的意义。

斗拱之上也设遮檐板。斗拱之下，是为大殿的主要承重部位，即柱。

柱

古代建筑中的墙体只起封护和装饰作用，屋顶千万斤的力量，全部由不做雕饰的柱来承托。柱，才是整个建筑最为低调的中坚力量。建筑中，柱往往被匠师淡化处理，表面上显得平素无奇，甚至被人隐了在墙内。但在文字上，它的知名度则要大大高于其他构件。"顶梁柱""中流砥柱""一柱擎天"等名词到现在仍然被人们所广泛使用，它是质朴无华最富责任感的奉献者的代表。

经过前人对建筑力学的摸索，到金元时期，减柱造被大量地应用到操作实践之中。太符观正殿的柱网布局正是采用了这个时期常见的减柱造，通体共用柱十四根，减去了后檐的两根内柱，形成平面上的单槽布局。因为采用了四椽栿直接联系内柱与后檐柱，所以整个殿内实际只使用了两根内柱，使殿内空间扩大，让主题雕塑的位置更加突出和醒目，大大满足了香客礼神的空间。内柱柱础为青石质，上皮与墁地方砖在一个水平面上，未雕刻，平素无奇但截面扩

塑有盘龙的内柱

大，有效地分解了由木柱下传的荷载之力。前面说过，在外檐柱之上，采用了阑额与普拍枋，转角处阑额不出头，普拍枋出头并以十字相交。

写到这里，不禁有点唏嘘。上面说的柱网、斗拱等内容，古代其实也是有地盘图、铺作图一类的图纸的。但作为一个木作匠人，他们很可能对这一切毫无所知，只是通过对师傅的孝敬与崇拜博得师傅的口传心授而理解一切创造一切。图纸，似乎只有祖师的祖师才可以目睹。这种对待技术上的理念缺失，确实是儒家文化抑或传统文化的一种悲哀。文字的贵族化和口传心授的局限，导致了在很长的历史时期里，中国的技术一方面在技术上不断发展，另一方面在理论上又无可奈何地萎缩。

除了建筑，在其他任何的自然科学方面，这种失传现象可谓比比皆是。发扬光大传统文化，任重而道远。

按理，早期建筑用柱还有两个很特别的做法，即柱侧脚与柱升起。柱侧脚是指为了加强建筑物的整体稳定性，把最外一圈柱子（即檐柱）的柱脚并不做垂直处理，而是下外上内移置一定尺寸，形成一种捧戗的形式，使柱略微向内侧倾斜；柱升起是指建筑物檐柱的柱高并不相同，而是从当心间到次间、到梢间逐渐增高，使檐口呈现出一条缓和、优美略呈斜面的曲线，这种做法在宋代《营造法式》中称为"生起"。太符观正殿的檐柱被包裹在墙体之内，笔者没有进行相应的测绘，所以，对于正殿檐柱的"侧脚"与"升起"是否存在不得而知，在此不做探讨。

从情理上说，一座有八百年历史的建筑，能够不进行维修、不做材料的更换而原汁原味地保存下来，是不太可能的。太符观正殿正是如此，在它的十四根柱中，因为清代某个年代的维修，其中十根木柱已经进行了更换。只剩前檐明间西侧、次间前侧内柱还原态保留下来，它们圆润的卷杀，正代表着创建时代的古朴手法。

檐柱柱头之卷杀

中国木构建筑"墙倒屋不塌"的个性，在近年来许多地区的地震过程中，已引起了人们的足够重视。许多古建筑在大震之后鹤立鸡群，在大片大片的现代建筑废墟之上傲然特立,不得不让人对它的结构价值进行再一次的刮目相看。显然,这里面有着不容忽视的科学意义。此而外,古代建筑在墙体、门窗、庑顶等部位,十分注重它们的美学功能,也形成了自身的独具一格的风貌。

日当正午,浓烈的阳光从门窗透射进来,使殿内的梁架逐渐变得更加清晰。三两声麻雀的叫声,让人不得不通过门窗的间隙,去找寻它们的踪影。麻雀耐不住寂寞,忽闪一下,飞得老远,而正殿的门窗,依旧在用八百年的老眼光,静静地看着亿万年前的太阳。

门 窗

门,门是居住的室内与外界的出入口,它是一切建筑中不可或缺的重要组成部分。门被人们称为门脸、门面,说明了人类对门的关注和看重。除了供出入外,门还具有防卫功能,是一种安全和遮掩设施。掩上门,遮挡了各种含义的目光;插上门,控制了里外的通行,保障了居所的安全。门的另一作用为界定空间。门内是内部空间,门外为外部空间。以门为连接点,内外空间被划分得清晰明了。房门、院门、城门,门赋予了与人类密切相关的实际功能以外的诸多意义。

因此,很早以前,在《周礼·天官》中,就对天子和诸侯的门,进行了严

正殿之门

格的限制:"王有五门,外曰皋门,二曰雉门,三曰库门,四曰应门,五曰路门","凡诸侯三门有皋、应、路"。唐代更为做官的规定了门的样式,《唐六典》载:"六品以上,仍通用乌头大门"。门是等级制度的实物体现。甚至进出门都被古人立了规矩,"立不中门,行不覆阈",意思是说人不能在门的中间站立,也不应进门时踏踩门槛。似乎,门还有另一层说不清的神秘意义。这种说法,也许有它的依据吧。

正殿采用了板门。板门,以木板为门扇,它是不通透的实门。到元、明、清时期,板门多被用为院门,在单体建筑中因为其透光性好,所以格扇门被大量采用。在殿屋中采用板门,则算得上是一种上古遗风。

正殿板门从明间正中辟出,主要构件有门楣、门框、门槛、门板、门簪、门钉和铺首。其中,四枚分别作柿蒂形和菱花形的门簪,以及门板上的门钉,形成了殿门独具一格的特色。门簪在现代建筑中几乎已经消失,它的起源之初,本来是一个实用的构件,即在闭门后起着利用上槛固定门扇的作用。但随着时代的发展,它的结构意义越来越弱,装饰价值反而越来越大。因为功能与妇女头上之头簪有相似之处,所以被称为门簪。所谓"门当户对"中的户对,原义指的就是它。这个词也说明了它的使用,在古代并不是家家相同,也是有着等级规定等级限制的。

四枚门簪中间的两枚作柿蒂形,但在四周又刻出一个边缘,极像宋金时期流行的东坡巾的式样,或许它的造型正是因为受到帽子形状的启发。

四枚门簪

门钉一般只在板门上使用。它原是穿插在门板上与门后的横向枋木相连接,是具有实用性的钉子的钉帽,起着加强结构的作用。为了不使钉子挂扎衣物，外露的钉帽被打磨成蘑菇形，随着时代的发展，逐渐演变成了一种美观的装饰品。清代以前，门钉的排列和数量没有规定（清代对门钉的使用有一定的要求，比如：最高等级的建筑，纵横各九路，一般等级的建筑物纵九横七，最低等级的建筑为纵横各五路，而平民百姓之家不得使用有门钉的装饰）。

正殿门钉横五路纵十行每扇各五十枚，饰菱花形金属帽，它的数量显然与人们所习见的数量有很大的不同，应当也有着一定的时代代表性。

铺首的主要作用是装饰，据说是龙生九子之一，有镇凶避邪的作用。板门铺首为铁件，煅作螭首衔环形状。

板门全貌

窗的本意是指墙或屋顶上建造的洞口，用以使光线或空气进入室内，这也是石器时代人们开始对窗的基本应用方式。本作"囱"（"囱"为俗字），即在墙上留个洞，框内的是窗棂，可以透光，也可以出烟，后加"穴"字头构成形声字。《说文》说："在墙曰牖，在屋曰囱。"

正殿之窗，为直棂窗，置于两次间正中槛墙之上。直棂窗是一种十分古老的形制，也可以说

直棂窗

是窗的最古老的形制。与之相类似的有断面被斫作三角形的破子棂窗等。但随着人们的美学需要，构思巧妙、制作烦琐的隔扇窗被大量采用，代表了一种主流。到透明的平板玻璃被大量采用以后，糊窗纸退出历史舞台，直棂窗、隔扇窗很快被淘汰，窗的形式有了划时代意义的改变。

正殿门窗是人与神之间的一种软隔断和中间过渡形式，使得厚重的墙体一下子空灵起来。它的另一个特点，是在周缘墙体的处理上，都采用了辟出弧形内幽的手法，似乎也是一种古老的做法，值得引起重视。

从体量到色彩，正殿最为醒目的，不是门窗不是斗拱，而应当首推。

殿　顶

太符观正殿的殿顶其实十分惹眼。出郭栅村，远远望去，迎面就是一片琉璃的光——正是正殿不甘寂寞的招摇。檐口的屈翘、翼角的升腾、布瓦的沉静和琉璃的张扬，一派风姿绰约，让它在村落的所有民居中鹤立鸡群，无与伦比。

殿顶

传统建筑的屋檐由椽、飞、望板、勾头、滴水等几部分组成。因为它们处于风雨的前沿，经年与暴日狂风搏击，所以，在古建筑中，是经世最短的部位。太符观正殿之椽、飞椽和望板等构件，大部分都在近代维修中经过了更换。但用于剪边的琉璃勾头、滴水和脊筒，还是让人有扑面而来的古色古香之感。而偶尔可见夹杂于其中的残存于世的一两片老瓦，仍在折射数百年前的文化之光，更让人兴奋不已。

正脊全部由黄绿琉璃脊筒等砌成。是1978年维修时从别处迁来，替换了原先的灰陶脊筒，呈现出了一种

前檐局部

新的气象。琉璃为我国独特的传统工艺美术和建筑艺术的重要装饰材料，是釉陶中的一颗明珠，因其釉层稠厚色艳，不易雨水侵蚀，故从它诞生之日起，在建筑顶层的装饰中就被广泛使用，经久不衰。胎质为普通陶土，表面用铅为助熔剂，以含铁、铜、锰、钴为着色剂，配以石英制成的低温釉陶。一般是在1200℃左右高温下"素烧"，使坯体坚硬定型后，再将上好釉的烧件装窑进行低温煅烧。

正脊脊刹

正脊脊筒主体纹饰为卷莲，烘托主题内容为在花团中嬉戏的龙凤。以脊刹为中心，左右大致对称。龙凤浮雕在脊筒之上，腾挪灵动，呼之欲出。脊刹为两层楼阁承宝瓶，左右各为白象与青狮驮宝瓶之塑像。脊刹背后题记"万历二年十月吉日 汾州米家庄"，透露出了它最早的栖身之所。正脊两端，是明代习见的龙口吞脊形鸱吻，龙吻凌空高耸，张嘴露齿、双目圆睁。

鸱吻，据说也是龙生九子中的一子，是我国古代宫殿和寺观等许多建筑正脊两端的一个装饰性建筑构件，质地有陶也有琉璃，它是重要建筑的一个标志性构件。它最初的名字"鸱尾"。传说海中有一种叫"鸱"的大鱼，它的尾部击打海面可以形成大雨。于是，人们为了避免火灾，就把脊两端

鸱吻

做成鱼尾状，鱼尾向正脊中央卷曲。其后又出现了"鸱吻"，即鸱尾与正脊相连接处变成兽头张口吞脊形式，上端为一粗短的尾巴。元代以后称为"大吻"或"吻兽"。在民间传说中，鸱吻平生好吞，如殿脊兽头的形象。将它置于大殿脊端，是取其避火驱凶的超凡神力，体现了人们对防火减灾的一种质朴愿望。

垂脊和戗脊脊兽，也都采用了龙头的样子，只是戗兽采用的是黄蓝相间的琉璃，比较少见。在戗脊的仙人走兽的配置上，则比较特殊，只有一个仙人和一匹天马，而且仙人也不骑鸡，体量硕大，表现了"走投无路"的实物形象。整个殿面，采用了孔蓝琉璃菱心和剪边，在一些殿

堂建筑所习见。位于仔角梁头的琉璃套兽和老角梁头的铁制檐铎，一动一静相映成趣，以完美的形象高挑在外，似乎在喋喋不休地传诵着以前的种种故事。

西侧垂脊、戗脊和檐角

　　这个叫作"走投无路"的琉璃雕像，是1978年维修时新烧制补配的。它的原物，为灰陶，虽四肢或身躯已残缺不全，但仍保留在观内。形态与新品一致，都是孔武有力的武士形象。他们来自一个流传很久的民间传说——他是姜子牙的小舅子，想利用姜子牙的关系升官。姜子牙看出小舅子的居心，但深知他才能有限，因此对他说："你的官已升到顶了，如果再往上爬就会摔下来。"故谓之"走投无路"。古代的建筑师们根据这个传说，把他放在了檐角的最前端，如果再往前走一步就会掉下去摔得粉身碎骨。还有一个传说：齐国那个不爱听竽的国王齐闵王，在一次作战中失败，来到一条大河岸边，眼看后边追兵渐行渐近，就要被捉。危急之中，一只大鸟突然飞到眼前。齐王急忙骑上大鸟，渡过大河，逢凶化吉。古人把它放在建筑脊端，也表示骑凤飞行，逢凶化吉，会带来绝处逢生的好运。两种截然不同的说法，实际上都有一种来自民间的美好愿望在里面。

　　而实际上，他与天马一样，原本只是一种瓦钉的样式，都是为了固定脊上的琉璃瓦件，使之不至于在风雨中松动下滑，是具有实用价值的。

东侧垂脊、戗脊和檐角

歇山建筑的一个特殊部位是山花。正殿之山花部位的平梁、叉手、合㭼等构件外露，并在同一个垂直剖面上，全用木板进行了封护——这与宋金殿庑梁架在山花部位外露的规制明显不符，应是清代维修时的痕迹。平梁之下，可见位于三椽栿之上的节点斗栱及蜀柱等构件。其外侧，是富于装饰性的博风板、悬鱼等防水构件。悬鱼表面线刻如意云纹，由金属煅件加固于博风板上，是一种通用做法，使得山面强化了传统的文化气息。

悬鱼

这个木构件本来是为防护脊槫不受雨水侵袭而设置，但为什么被叫作悬鱼呢？说起来，居然和古代的廉政建设有关，还有一个难辨真伪的民间故事。相传东汉时期，有个地方的太守叫羊续。当时有权势者及富豪人家都崇尚奢侈华丽，全社会一派奢靡之风。羊续不以为意，对此深为憎恶，因而常常身穿破旧的衣服，乘用简陋的车马，旁若无人地行走于街市之中。有一次，一个府丞向他贡献了一尾活鱼，羊续收下后随即悬挂在庭院山墙之上。府丞后来又向他献鱼，羊续便把先前悬挂的那条已经风干的鱼拿给他看，以警示他这种不端的行为。这个故事传开以后，人们便把这个位置的木构件刻作一条悬挂的鱼的形状，暗喻着老百姓对羊续的敬重和对官员廉洁奉公的渴望。

前檐明间门楣之上，悬殿名题匾：昊天玉皇上帝之殿。烫金、无款，是殿之原配，可惜不知其年代也。造型与晋祠圣母殿这匾几无二致，也许也是宋金时代匾牌的一种手法，很可能是创建时代的原物，有兴趣的人们可进行进一步的探讨。

"昊天玉皇上帝之殿"匾

门左右两侧的坎墙上，各镶嵌有一直径约四十厘米的砖雕图案，内容分别为折枝莲花和折枝牡丹，外缘雕作壶门形状，手法简洁明快，线条洗练，古朴而生动，颇具古风，是正殿唯一的一处砖雕。

砖雕一　　　　　　　　　　砖雕二

附带必须提到的是坎墙。不是它比别家的高，而是因为它全部采用了磨砖对缝的做法，是在一般的乡野小庙中难以见到的。

砖瓦作在介绍建筑的时候总是安排到一个次要的位置，甚至不做介绍。因它们常常会在维修过程中进行变动，所以，常常为人所忽略。但在那个砖瓦全部手工制作的时代，相对于木材，它们很可能是更费工力的。让我们来看看正殿的彩画。

彩　画

建筑彩画艺术几乎与建筑有一样长的历史，折射着人们对美好生活的追求，是人们对现实生活的一种反映形式。其花纹设置和构图手法，都有着丰富的文化内涵，也有着自成风格的时代特色。

明显，正殿外檐的彩画已斑驳陆离，只剩下木头千古的本色。劈裂如矩、年轮如刻，一些蛀孔和剥落的漆底似乎仍在不甘心地暗示着腐朽的阴谋。但从某个角度看，这些原木本色的裸露，又显示出一种无可替代的沧桑之感。远逝的朝代，似乎正隐藏在这些大大咧咧的裸露之间。也许，这就是古建筑维修要遵循"修旧如旧"原则的出发点吧。

梁架的内部,显然与外部大相径庭,彩画不但依稀可见,更重要的是,比之习见的清代彩画,它们所呈现出来的手法,要古朴得多。花与草,都率真而写实,特别是旋子的使用,似乎完全没有规矩,甚至那些所谓的箍头、枋心,都无界线甚至也无具体形象——是旋子彩画尚未定型时候的惯用手法或者就是一种浅直随意的民间画法。比清式旋子彩画灵动了许多,但又不及宋式如意头彩画手法的古老。一些纹饰如海水纹、卷叶纹的使用虽然已有了"一波三折"的界线,但仍然自由活泼,显露着一种张扬和率真。如果费点精力临摹下来,也许有些研究意义或者利用价值。

没有题记,还需相关专家对其进行断代。

彩画局部

直到现代技术高度发展的今天,人们对于一些自然现象、生命现象还不能够做出令人信服的解释,一些灵异事件更被人们所放大和神秘化。在科技、交通和通讯极不发达的古代,大自然在人们的眼中,更是充满了无穷的未知。一个又一个超自然的神在人们的脑海中出现了,若干形成完备理论体系的宗教也出现了。从对天地的礼敬开始,人们所崇拜的偶像逐步具象,并被请到了殿堂之中。是祈福的对象,也是人们内心的皈依之所。在神殿,人的私欲受到扼制,而愿望有所寄托。宗教,曾经对社会稳定发挥了重要作用。

和其他寺观一样,创建太符观的目的,正是人们为神们建造住所。神祇,才是庙宇的核心。所以,让我们进一步走近神殿,去欣赏它的雕塑与壁画。

雕塑与壁画

一切艺术，都是现实生活的真实反映。正殿中所有的雕塑和壁画，虽然表现的是虚无缥缈的神的形象，但它们无一不以拟人化的形式出现。从形象到服饰，反映的都是当时人们现实生活的场景。

2009年，曾经委托清华大学等单位对殿内塑像的年代进行了碳14测定，为1230年左右。显然，与碑记时间接近，应当就是建庙年代的同期物。

宋金时期，总体来说，是雕塑艺术的一个衰落期。特别是与同时期的绘画艺术相比，就显得更为滞后。不仅数量、体量都在缩减，而且其艺术手法也更加民间化、世俗化。在这种变化过程中，那些惊心动魄的大型的充满艺术想象力的艺术品越来越少。但另一个方面，随着雕塑材料的增多、题材的更为广泛，雕塑进一步接近于现实生活场景。所以人们常常为汉唐艺术的神思所打动，也会被宋金艺术的真情所感染。

这个时期的雕塑继承了隋唐以来的传统，特别是在反映现实、表达思想情感的广度与深度方面，都有了新的进步。此时，佛教雕塑由于禅宗的盛行，偶像的神圣性和理想性减弱，世俗化的现实性大大增强。这种雕塑观念，自然而然在道教雕塑中也有所表现，它的内容与形式较之前丰富多样。用于殿堂、寺观、陵墓建筑组群平面布局的大型仪卫、纪念性雕刻，在样式、手法上都有新的创造，只是失去了前代同类作品的雄健伟岸的气概。

值得一提的是，各种供人玩赏的小型雕塑开始出现并蓬勃发展起来，渐成风气，是宋代雕塑史上引人瞩目的现象。是许多小型雕塑门类（如牙雕等）的源流肇端，这种风气一直影响到了现代。

步入正殿，就像从人间一脚步入了天庭。以玉皇为首的数百位尊神，或雕塑，或壁画，济济一堂，神情不同、衣着各异、男妇有别，俨然在此共商经天纬地之大业，同议寰宇昼夜运行之规矩。梁枋之下，粉壁之上，处处表露着神的意志。

正殿雕塑置于神龛内砖砌须弥座之上，共七尊神像。龛前的两根内柱和神龛檐柱上，有四条泥塑蟠龙。

引人注意的是，须弥座表面的墁地条砖，竟有许多是当地宋金时代通用的勾纹砖，应当也是八百年前的原物。这些易损易换件保存到现在，也算是一种特别的现象，也应当成为这些塑像的断代依据之一。

正中塑像为玉皇大帝。

一般而言，道教宫观类建筑中，最高级别的神殿常设置为三清殿，其次才是玉皇殿。太符观不设三清殿，体现了它起自民间的本色，也说明了玉帝的形象在古代更易为一般民众所接受。中国宗教，往往受人们生存需求的左右，使宗教变成一种服务现实的工具。

据说，玉皇大帝犹如人间的皇帝，上掌三十六天，下握七十二地，掌管一切神、佛、仙、圣和人间、地府之事。亦称为天公、玉帝等。

玉帝之像

据《玉皇本行集》记载：光明妙乐国王子舍弃王位，在晋明香严山中学道修真，辅国救民，度化众生，历亿万劫，终为玉帝。显然，他的来历，是受佛教影响而产生的，几乎就是中国的释迦牟尼。全称"昊天金阙无上至尊自然妙有弥罗至真玉皇上帝"，又称"昊天通明宫玉皇大帝""玄穹高上玉皇大帝"，居住在玉清宫。

玉帝源于上古的天帝崇拜。殷商时期，人们称最高神为帝。周朝及后世的皇帝们利用天帝崇拜，为了巩固自己和王朝的统治地位，彰扬天赋神授的理念，极力鼓吹自己是天帝的儿子，受天命，把自己称为天子。道教产生以后，玉帝自然而然地被人们请入教中，成为最重要的一位神祇。

"道"无形无象，而又生育天地万物，在人和万物中的显现就是"德"。万物莫不尊道而贵德。道散则为气，聚则为神。神仙既是道的化身，又是得道的楷模。闻道有先后，德道有高低。神仙只有对道的理解深浅之分，而没有等级地位之别，都以济世度人为宗旨。玉皇大帝被视为众神之领袖，在道教神阶中修为境界不是最高，但是威望最大。玉皇上帝除统领天、地、人三界内外神灵之外，还管理宇宙万物的兴隆衰败、吉凶祸福。

玉皇大帝的形象，至唐宋以后才逐渐定型。一般是身穿九章法服，头戴十二行珠冠冕旒，旁侍金童玉女，完全是秦汉时期的帝王的样子。

在这里，玉皇大帝也被塑作皇帝形象。戴通天冠，广颡丰颐、金粉敷面，双手执笏，身着冕服（不是常见的衮龙袍）。以大带系蔽膝，蔽膝延至履前。外穿皂色罗袍裙，绯色中单隐露于两袖之内。足蹬赭色云头履，端坐于龙床之上。神情威严而冷漠，一副俯视人间之态，大有君临天下的气概。

玉皇大帝这尊雕像的形象让人费解，既是天帝，却又手持笏板，衣着也是臣子之服。联系其身后壁画内容，推测匠师是将他与画中的"四御"诸神一起，都作为"三清"之臣，在履行自己的天授之责。

帝之两侧，是六尊侍女及臣尉、宰辅站像，左右两两相对，是玉皇大帝在天庭中的日常朝贺场景的再现。

西侧塑像

东侧塑像

在宋代,受理学"存天理灭人欲"的影响,衣着服饰不再艳丽奢华,而是简洁质朴、淡雅恬静。遮掩功能加强,大唐时代的开放之风不再显现，收敛了许多。而金代，按《金虏图经》说"君臣之服大率与中国相似"，女真人为了利于统治，借鉴了中原服饰，这是这一时期服饰文化的时代背景。

紧邻玉帝像的是两名侍女。她们分列左右，面朝殿外。这是在着意表现玉帝后宫生活的情景，她们是为玉帝进行日常服务的近身女侍。

左侧侍女蛾眉樱嘴，面容姣好，威严中不失柔美，一个豆蔻少女的形象跃然在眼。雕塑写真能力极强，形象塑造十分传神。遗憾的是，因为她手中所奉之物已经遗失，所以难以确定她的具体身份。她发髻高耸，大红丝绸包盘，中以青缎相系，发与髻之间宝钿花钗掩贴其上。衣饰上，着圆领衫，穿紫色交领襦裙，外披一件对襟大袖衫。色泽艳丽而花纹繁复，通体透露着一种富贵气息。云履掩于裙下，芊芊然天上仙女。需要说明的是，从五代起，女子缠脚之习就已经开始流行。这种习俗甚至带到了南宋。但在金朝管辖的地区是什么样的情况？在这尊雕塑上，我们可见宽大的舄履露出裙裾，可见小脚之风并不为人所重。雕塑在外在的表现手法上，衣纹流畅，衣褶逼真，但总的感觉是累若厚帛，使身体显得比较臃肿，与唐代"湿衣纹"的惯用风格相去甚远，为人推崇的流畅洗炼的雕塑手法已不复存在。

右侧侍女更为清丽可人。外形上较左侍富态，丰颐粉面，庄重而

左侧侍女

右侧侍女

婉约。在鼻子的塑造上,似乎有些故意——鼻尖稍为突出。发髻高高绾起,且又分出两绺青丝分梳在上,不作包护,簪插宝钿花钗。圆领衫、绿地襦裙,最外穿一件绿地对襟宽袖褙子。与左侍最大的区别,是从她的腰间,下垂出了一条五彩缤纷的璎珞丝绦。遗憾的是,与左侍一样,她手中所奉之物,也不知所终了。

仅从衣着上看,似乎左侧侍女的职责是服侍日常生活,右侧侍女的职责是后宫乐舞伎一类。

侍女之前,左右侧均塑出两位宰臣。他们身高约两米,略高于常人。也许和玉皇大帝一样,因为他们的身份所限,所以在塑造上显得比较呆板拘谨,没有进行更多的个性刻画。他们有一个十分显著的共同点,即衣着非常接近,只在颜色上稍作区别而已。头戴梁冠——这种样式的梁冠并非宋代式样,也未见介绍,也许是金朝的一种风格,可供进一步研究——上身着中单(即禅衣,衬在里面,只在上衣的领内和袖口露出),外穿交领襦衣并罗袍裙、束以大带,再以革带系绯或皂色的绅带、各色蔽膝,方心曲领,着黑色皮履。

按照当时雕塑世俗化的特点,作为皇帝前的近臣,他们还应配以玉剑、玉佩、锦绶等,但在这组塑像中并未体现。同侍女一样,中间的两位,能够代表身份的手中所奉之物已经缺失。

有两个现象值得注意。一是两侧均是中间一位塑为青年形象、近门一位则塑为中老年形象;二是所有人的衣着,全部是左衽。

关于形象。中间两位青年虽然衣着与老年雷同,但面相英气逼人。

特别是右侧的这一位，塑成了一个紫脸人物，显得更加孔武有力。匠师很可能要表现的是两名为玉帝护驾者的形象，是他的内臣。而近门处的两位，则全都手持笏板，恭敬端庄，显然是玉帝的宰辅，随时在听候玉帝的召唤，替玉帝处理日常机务。另外，雕塑家在雕塑过程中，不知是否有意，这两位不但神情相似，长相也特别相近，且似乎并不是中原汉族人的形象。左侧为络腮胡，右侧作卷髭，显然是有所用心的，也许反映的，正是当时女真族的相貌特点。

这个看法，涉及上述的另一点，即"左衽"。

在中国历史上，虽然多次学习过胡服——据说，汉服中的裤子，就来自胡人。但总的来说，中华服饰有一个最大的特点或者说是与少数民族的区别，即采用右衽。所谓右衽，即左前襟掩向右腋，以带相系，将右襟掩覆在内。反之称左衽。古代中原汉族服装衣襟向右（死者寿服除外），以"右衽"的着装方式，代表了华夏风习。而"左衽"，常常是指中原地区以外少数民族的装束。

可见，匠师为了顺应当代统治者的习俗，或者也就是为了表达现实中的社会风尚，对衣着进行了民俗化的处理。对照《金虏图经》，说金人"君臣之服大率与中国相似，止左衽异焉"，是一种实物印证。

神龛前，正对大殿之内柱。神龛在安装时，出于雕塑的需要，从地面新起矮柱二根，抹角方柱，穿越龛顶而直接承托在四椽栿的中部。这样，就形成了两根内柱、两根矮柱并存的现状。在这四根柱上，各塑有一条蟠龙。蟠龙头如牛头、身如蛇身、角如鹿角、眼如虾眼、鼻如狮鼻、嘴如驴嘴、耳如猫耳、爪如鹰爪、尾如鱼尾，显然是明代龙的成熟形象了。它的时代，应当与神龛、与东配殿塑像相同。龙皆从水波之上飞腾而出，龙身虬屈向上，头与前爪凌空伸出，或张牙或闭嘴，栩栩如生。从前到后、从右到左，依次为黄、黑、白、赭四色，龙身旁边又塑出若干云朵，表示龙正在云中行走。

黄色蟠龙

黑色蟠龙

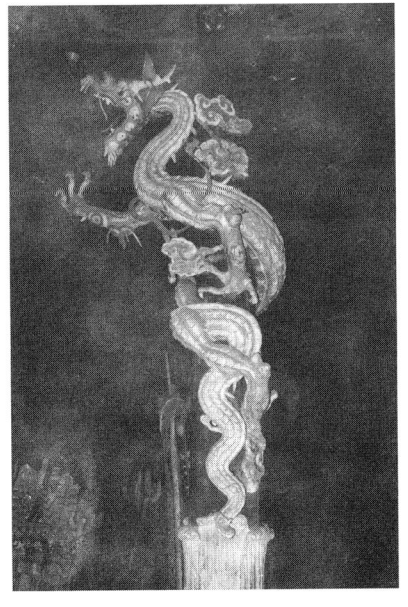

白色蟠龙

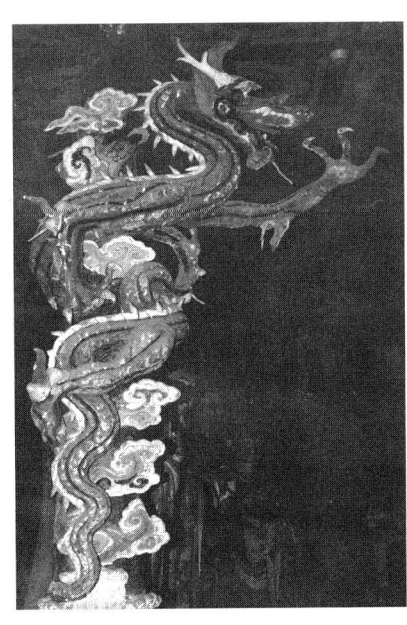

赭色蟠龙

西侧狻猊石雕

东侧狻猊石雕

泥塑之外,正殿尚有一对特殊形象的石雕。因其造型奇特十分少见,所以,常为人们所关注。实际上,它就是古代被人想象出来的神兽,所谓"狻猊"。狻猊位于门槛前侧之左右,实际上是门枕石的上半部分。后世常在此处雕造石狮。狻猊两相对视,利爪长尾,姿态温驯而灵动,似犬又似狮,栩栩如生、憨态可人。它也是传说中的龙生九子之一,外形长得十分像狮子,特点是喜烟好坐,所以多出现在香炉供器之上,以便于吞烟吐雾。许多早期古建筑的大殿之前,如压沿石等部位也常可见到它的踪迹。后世,它也出现在一些规制较高的古建筑殿顶的垂兽或戗兽中。人们把它看作祥瑞之兽,如古诗"莺锦蝉罗撒麝脐,狻猊轻喷瑞烟迷。红酥点得香山小,卷上珠帘日未西。"还有"春光主,芙蓉堂,窄堆花乳,手提金桴打金鼓。天花娉婷下如雨,狻猊座上师子语。苦却乐,乐却苦,卢至黄金忽如土"等关于它的美丽篇章。

除过这些单独绘制的主像之外，北、西、东三壁的更大的面积，则全部是关于众神朝圣的内容。题榜可辨者有"灵宝大师真君""天景龙神十部""月宫太阳天主""十二月建神君"等。这些神仙组群五七个不等，但有一个十分明显的规律，即每组的人物形象十分接近。文武、男女等形象分别有致，他们的冠饰和法物也大多相同。概而言之，男着朝服，女戴凤冠，面部大都朝向于

女仙图

制药醉酒祖神众图

玉皇塑像，极个别左右顾盼的形象——应是画家为了加强人物之间的相互联系，使画面显得生动而有意采用的一种技法。按题榜内容推测，这些神仙应当是玉帝所管理的"三十六天，七十二地"中的"群仙朝圣图"，人物数量远远超过了三百六十五尊，应当并非人们所说的"值日星君图"。特别是"制药醉酒祖神众"图等内容，显然与民间百工有着密切的联系，是道教神民俗化的标志性内容，更明确显示了壁画内容的包罗

万象和与众生的紧密关系。

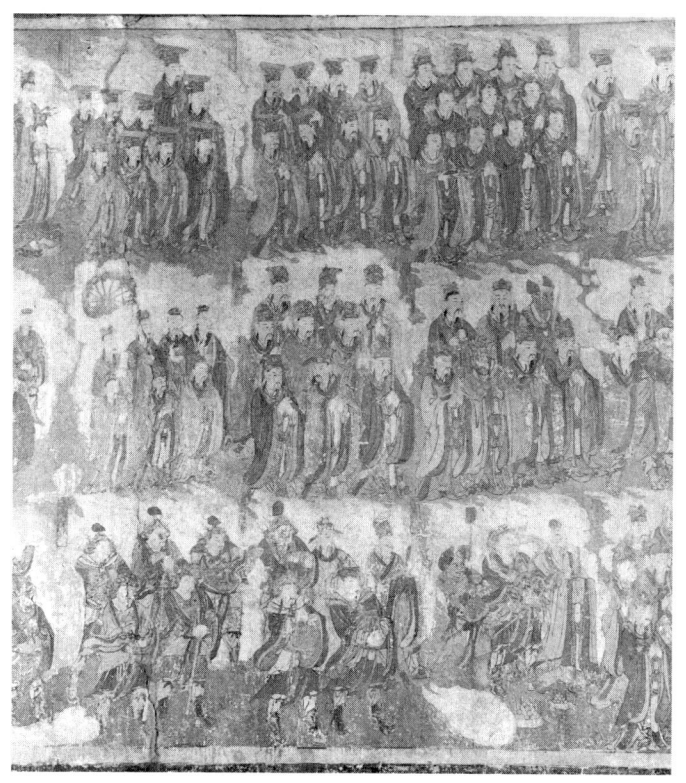

西壁壁画局部

正殿南壁、板门之两侧，按照《历代神仙通鉴》所述李世民宫门外有恶鬼耶魅号叫，让秦叔宝、尉迟薛当值门外的故事，绘有二位门神图，为庙宇中常见内容，是殿内人物形象最大的部分。秦叔宝一身戎装，腰佩长剑，手执钺斧，裹腿、革履、红脸、卧蚕眉、五绺须，怒目而视。尉迟敬德黑脸短髭，戴头盔着甲衣，腰挂虎牌，双手执金瓜，在另一侧相侍。

明清以来，这一对门神形象不仅在寺观中体现，在民间也多以年画的形式张贴于室内，是民间普遍信仰的殿堂和家宅的护卫神。

门神之秦叔宝像　　　　　　　门神之尉迟恭像

殿内壁画最精致的部分,是它的拱眼壁壁画。拱眼壁画的外檐部分因为时间的关系,全都几近消失。但内檐拱眼壁,至今仍清晰如新。壁

拱眼壁画之一

画以花青作底,以云纹、牡丹为衬,以龙和凤两个主题交叉表现,笔法简约而洗练,虽有图案化的倾向,但仍功力毕现、十分传神。应当说,它们是整个正殿绘画中最见功底也最为曼妙的一笔。

拱眼壁画之二

最后,介绍殿内最为华丽的部分——神龛。

神 龛

神龛为木结构,紧贴神坛之须弥座而设。按照其天花与东配殿相雷同的特点,以及小木作与神轿手法相似的特征,可以理解它的时代为明朝所新构。彩绘描金,华彩煜然。

神龛

整体为殿堂式,面阔七间,进深三间。前檐设檐柱四根、垂花柱四根。

檐柱为抹角方柱（塑龙之矮柱与神龛在结构上并无关系）。垂柱之垂花雕作仰莲图案。柱间以透雕花罩相隔。设平板枋与额枋，额枋在转角处出头并且十字相交。前檐设斗拱十五攒，山面设斗拱十攒，十一踩五下昂（转角斗拱九踩四下昂，设斜昂），全部实雕实安，并隔攒分别施以黑、绿二彩，在三才升、十八斗等散斗部位则描金，拱眼壁处绘描金花卉。额枋上的旋子彩画灿然如新，与枋心部位的透雕彩绘、椽飞等处的彩绘一起，光艳夺目，给人以强烈的艺术感染力。

前檐一角

斗拱

神龛的两个山面，采用了在山西地区极为少见的竹编工艺。两山均为六扇六抹隔扇的形状，利用毛竹编制和插接而成。在障水板、绦环板及坎墙等部位更用细竹编出了不相雷同各自独立的图案，如冰花等，具有苏式建筑风格。所以，有人认为神龛应为南方匠师的作品。但为何能在此处出现，则尚无一个合理的说法。

竹编隔扇上部

由此，我们不得不说到明清建筑。虽然明清建筑脱胎于唐宋结构，但在许多方面，因为时间的推移，实际上已经有了很大的变化。特别是在表述上，古建筑界一般采用了又一套名词体系，即《营造则例》的通用名称。上述对神龛的描写，正是按照这一原则来叙述的。这一点，后文还将沿用。

就在这个华丽的神龛木构里，还隐藏着一个巨大的秘密。那就是它内设的天花板。

天花板

天花板古称平棋，也称仰尘。晋中民间小式建筑房屋的仰尘大多使用芦苇或者高粱秸建框架，素纸裱糊，不作纹饰处理或者用使用带有图案的纸张。一些富裕人家则偶有沿用平棋之制，全部木制。

　　神龛的天花板不为一般人所注意，却别有洞天。也许正是因为它不太惹眼的缘故，所以，画师在这里完全按照个人意愿，远离宗教题材，毫不拘谨、随心所欲地创作了许多让人叹为观止的即兴作品，颇有文人画的气象。画作大致分为两个主题：一是山水，一是花鸟，上下左右按题材的不同相间隔，横七纵五共计三十五帧。风格率真、着笔大胆。画面均位于棋盘方格之中心，以圆环作外缘，以花青色方胜四福纹收作边框。

神龛天花板

　　略举二例。

　　《松鹰图》。苍松根植乱石之间，躯干虬屈，枝叶凌空。一只雄鹰双目炯炯，一爪已经收起，一爪将离未离树干，双翅轻舒，正要翱翔于蓝天之上。石缝之间，黄色的野花正在盛开，为整个画面平添了一份生趣。

松鹰图　　　　　　　　　　　老翁出钓图

《老翁出钓图》。近石远山,中部大量留白为江湖水泊,有扁舟三叶正在启帆远航。远山上绿树掩映,双塔耸峙,显得辽远而壮阔。近处,木桥横跨于危石之间,槐树枝叶泛黄,弱柳风姿绰约。秋意正浓处,一个钓翁肩竿而出,将去消闲一天的时光。

徐徐的风从西北吹来,盘桓了一冬的雾霾化作无形,天空一下子变得清爽迷人。天是格外得蓝,把游移舒展的白云衬托得更加柔润。

后土圣母殿

与正殿的高高在上、展翅欲飞不同，东、西配殿没有构筑台明，而是直接建筑于平地之上。立面上加强了层次对比，但它们的体量比起正殿要显得宽大而厚重，给人一种稳定、均衡的感觉。左呼右应，与正殿一起形成了完全对称的平面布局。而隔扇门和柱廊的采用使配殿显得更加富有意趣。

东配殿侧视

东配殿谓后土圣母殿，因失火损毁重建于明万历十一年（1583）。面阔五间，进深三间（六椽），单檐七檩悬山顶（宋式名词称作不厦两头造），也称挑山顶，即所有檩条在山面并不像硬山顶那样被墙体包裹，而是向外挑出数椽之宽。本殿为大式结构。因系灾后重建，所以整个建筑的风貌已经完全是明代式样。从外檐到内部，从建筑到雕塑，全部呈现着鲜明的明代中晚期风格。这一点，站在大院，从斗拱形体大水的变化上，便可以一目了然。金代到明代，斗拱的结构意义减弱，体量也缩小了许多，总高与柱高的比例从四分之一变成了八分之一左右。

东配殿正视

东配殿北侧

梁 架

圣母殿前带插廊、为彻上露明造、减柱造，梁架结构为前后单步梁对五架梁用四柱，上以驼峰、瓜柱承三架梁。三架梁以角背、脊瓜柱和左右叉手共同承托脊檩。脊檩设随梁枋和襻间。虽然重建于明中晚期，但襻间及叉手仍然存在，是宋式作法的延续和遗存的痕迹。有意思的是，山面部分梁架与其他部位相异其趣，它采用了分心斗底槽的做法，设山柱为通天柱，山柱穿经五架梁、三架梁直托脊檩。这在山门结构以外，是非常罕见的一种作法。五架梁之上，前为角背加瓜柱之制，后面则只用高大的驼峰替代，一前一后两个不同的构件共同承托三架梁，显得特别有趣，应当算是 种有趣的个性手法吧。

山面梁架结构

殿内梁架一角

斗　拱

殿内后金柱之上，下金檩与随檩枋之间，面阔方向五间共设五踩双抄斗拱十六攒，计心造。均为柱头一攒、平身两攒。除柱头科有承托五架梁之作用外，其余斗拱并无承重，只有装饰作用。因之，推测大殿重建之初，可能是有平棋存在的。而它们的实际功能，便是为了承托天花板。也许是某次维修中，出于某些原因，拆卸了天花，对草栿部位相应地做了彩画处理。

梁架斗拱

前金柱之间设门窗，上设大、小额枋和垫板，但金檩并不在额枋和柱的中线位置，而是三踩斗拱向外挑出一跳，再以替木和随檩枋承接。配殿之前檐设斗拱。共四种十一攒。

前檐平身科斗拱侧视

前檐柱头科斗拱侧视

柱头科斗拱四攒，五踩双下昂计心造里转五踩双翘计心，昂为琴面昂。耍头雕作蝉肚状，撑头木雕作蚂蚱头，水平里转为单步梁之制，下有穿插枋连接檐柱与前金柱。

前檐柱头科与平身科斗拱

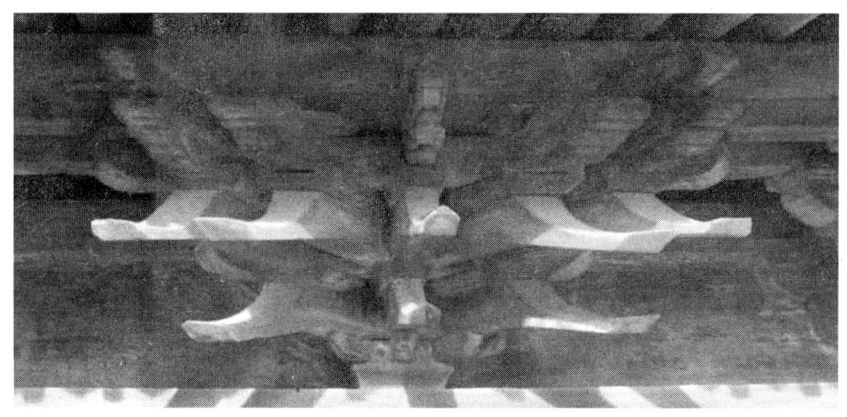

明间平身科斗拱

平身科斗拱为五攒,除明间外,均为五踩双下昂计心造里转五踩双翘并计心。与柱头科一样,一跳华拱外部刻作假昂状,但里转二跳华拱则与柱头科不同,在外为华头子,承托其上之真昂。真昂之下(里转),垫两根枋木,前端分别斫作霸王拳和蚂蚱头状,十分类似于当时流行的溜金斗拱。真昂之尾部插于下金檩之下,托槽升子、替木以承托金檩。而外部，真昂之上的两根枋木，如柱头科之制，也作刻为蝉肚状和蚂蚱头。

明间平身科斗拱则要华丽得多，均出45°斜昂，极富装饰意义。

转角斗拱位于稍间之柱头，也出45°之斜昂。如正殿之转角斗拱，外拽万拱也采用了鸳鸯交首拱的做法。

转角斗拱

明式斗拱是斗拱在从宋到清之间演变的重要过渡形式，比宋式要华丽，比清式则富有结构意义。而且，因为当时国家并没有施行统一的标准和规范，客观上形成了一个百花齐放的局面，所以，为一些古建筑爱好者所钟情，人们常常能够在它的结构中找到一些富有情趣的个性创造，具有特殊的审美特征。

值得说明的是，斗拱之坐斗之上，一如汾阳以及周边其他同期庙宇的斗拱，均在斗口部位增设十字小替木，出半跳。即翘或昂并不坐于斗口，而置于十字替木之上。显然是一种地方手法，装饰意义大于结构意

坐斗斗口替木和翼形拱

义，虽然提高了斗拱的高度，但或许是对力学结构的一种伤害。

下昂之上昂嘴之后，加置一横向称为翼形拱的小板材，则应是纯粹只有装饰作用的构件了。

柱

排列有序的前檐柱

六根檐柱均粗大壮硕，置于圆鼓形柱础之上。基石与地砖抄平，柱础较后期作品显得扁薄，阳刻鼓钉并线刻缠枝牡丹，应是这一类型柱础的早期形制。有柱侧脚及柱升起，但已不明显。柱头之上设雀替。雀替在明间雕作龙头，次间、稍间作拐子龙形状。雀替之上为大、小额枋相交，在转角处出头，剖面呈"丁"字形。

柱头已无卷杀，但全部进行了砍杀并斫出一个斜面，应是卷杀形制的遗风，也是当地明代木构建筑柱头的一种通用手法，可以说是一种时代的风格。

柱头砍杀

柱础石

后檐部位与前檐相比，显得十分简约。檐柱之上只承接小式结构中最为常用的檩、垫、枋三件，纵向为单步梁，梁头作霸王拳式，无斗拱。

东配殿后檐局部

门　窗

大殿明间、次间设门,为四抹隔扇,棂花朴实无华,只作方格处理。障水板、绦环板也都平素无饰。稍间设窗,为直棂窗。

隔扇门与直棂窗

殿　顶

筒板布瓦覆面,起琉璃脊,并孔雀蓝琉璃瓦剪边,中置大小不等七块孔雀蓝琉璃菱心。正脊宝刹与正殿相同,也为二层楼阁形制,外侧分别为白象、麒麟驮宝瓶的形象。正脊琉璃脊筒瓦件杂乱,显系维修时进行了补配。但其黄绿琉璃行龙仍熠熠生辉,当是原作,应是当时生产技术十分成熟的介休琉璃的制品。明代中期故宫的琉璃制品,便大部分取自介休。正脊大吻为龙首形。垂脊施黄绿琉璃莲花脊筒、孔蓝琉璃闭嘴龙首形垂兽。垂兽之前三个走兽分别为凤、狮子和狻猊，造型规矩平实、浮雕外缘层次不清，似为近年维修时所补置。

殿顶远眺

正脊与脊刹

垂兽与走兽

线条流畅的垂脊

两山出际深六椽,最外侧以博风板封护,中置悬鱼。博风板两端线刻如意云头,悬鱼线刻卷草纹。大约因博风板已将檩头遮护,故未用惹草。

彩 画

彩画原是为了增加木结构的防潮、防腐、防蛀性能,后来才突出了其装饰功能,宋代以后彩画已成为宫殿等重要建筑不可或缺的装饰艺术,到清代演变成为一种固定形式。虽然,在《论语》中已经有"山节藻棁"的记载,应当在很早以前建筑上就采用了彩画,但就考古发掘而言,现存最早的实物是来自咸阳三号的秦宫。

外檐部分的彩画经多年风雨剥蚀,已尽显木材本色。只在一些较为隐蔽的部位还残留若隐若现的痕迹。殿内则仍清晰可辨。五架梁、三架梁、大小额枋以至神龛的檐檩等部位,彩画都较好地保留了下来。

比起正殿，这些彩画已经十分规矩。枋心、藻头和箍头三个部分分隔得十分清晰。箍头盒子内绘有花卉或几何图案，藻头内几乎无一例外地都采用了"卷涡纹花瓣"的花朵纹饰。色彩以红绿为主，间隔又连续，具有节奏感。是旋子彩画的常见笔法。特殊的部位是枋心。枋心分别作绿地或红地，主题内容为沥粉贴金的龙、凤或龙凤相戏的图案。呈现出和玺彩画的技法。

旋子彩画

旋子

按照清代的规定，和玺彩画只能用于皇宫之内或外朝建筑之中，旋子彩画则在寺观庙宇中使用。这种合二而一的形式，也许是一种乡野对

神龛彩画

彩画制度的僭越，也许是制度形成以前的一种自由。明万历年间，正是我国资本主义的萌芽时期，社会经济比较发达，人们的意识形态也受禁锢较少，所以在艺术创作上自然会呈现出自由和随意的一面。

斗拱彩画比较习见，统一采用冷色调，绿拱黑斗，以金线描出边缘，不再作其他纹饰。

明间金檩之下，正中悬有木匾一块，青底，金字题写"后土圣母殿"五个大字。边框大致呈"开"字形，用透雕手法刻出云纹和缠枝花卉，敷以彩妆，红花绿叶，显得十分绚丽。是为题名匾。

如果说，进入正殿就像进入天庭的话，那么，进入圣母殿则就像一脚踏进了明朝的市井之中，林林总总，社会上的各色人等一览无余。

题名匾

附带想说的是，在某种意义上，我国纯正的宗教建筑并不多。宗教建筑往往是农耕社会民间信仰的殿堂，而非宗教理论传播的场所。受这种观念的影响，宗教神祇的世俗化色彩就十分浓厚。民间可以创造神（比如所谓的地方神）、塑造神和礼拜神，是生产力低下、人们无力抗争的社会生活在意识形态中的反映，具有很强烈的利己主义色彩。另一方面，明代以后，雕塑艺术的世俗化倾向更加明显，人们头脑中的神和现实生活紧密结合，他们变成了为民服务的楷模。这一点折射到艺术品中，则是当时世态风情被照搬到了殿堂里，神的空灵化倾向走向衰落。神的观念淡化了，人的形象鲜活了，在乡村，这种风俗甚至延续和影响到了清代。

神　祇

圣母殿雕塑，正是这一现象的最好诠释。在这里，后土圣母的形象不但女像化，更从主像分解出职司不同的九个化身。显然，这是遵从于人们针对自身的需要，为了方便祭祀和请奉，而有意识设置的。

后土圣母主像

介绍雕塑之前，我们先来谈谈后土圣母。

后土信仰源于中国古代对土地的崇拜。《礼记·郊特牲》曰："地载万物，天垂象，取材于地，取法于天，是以尊天而亲地也。故教民美报焉。"农耕时代的人们的生活须臾离不开土地，不能不"亲于地"，所以要加以"美报、献祭"。"后土"崇拜，大约始于春秋时期。

关于后土的记载很多。在《左传》《礼记》《山海经》《淮南子》中，大都称后土为共工氏之子，为中央之神。如：《左传·昭公二十九年》："故有五行之官，是谓五官，木正曰句芒，火正曰祝融，金正曰蓐收，水正曰玄冥，土正曰后土。颛顼氏有子曰黎，为祝融。共工氏有子曰句龙，为后土。后土为社。"后土与五行相对应，并予以人格化。

　　《礼记·祭法》："共工氏之霸九州也，其子曰后土，能平九州，故祀以为社。"《礼记·月令》："中央土，其帝黄帝，其神后土。"
　　《山海经·海内经》："共工生后土，后土生噎鸣，噎鸣生岁十有二。"
　　《山海经·大荒西经》："黎（后土）下地是生噎，处于西极，以行日月星辰之行次。"
　　《山海经·大荒北经》："大荒之中，有山名曰成都载天……名曰夸父。后土生信，信生夸父。"
　　《山海经·海内经》："共工生后土。"
　　《淮南子·天文训》："中央土也，其帝黄帝，其佐后土。"

以上是后土为大地、为男性神的记载。

到了后世，在有关后土的传说中，他又一改性别，变成了一位法力广大的女神——女娲娘娘，即女娲（也称女娲氏）。也就是说女娲即后土，后土即女娲。"天地动静，阴阳互根。天欲化物，阴阳交合，上取天精，下取地精，阴阳孕化，气运成尘，尘有玄道，精微聚合，渐始初生，生生之类，人立其中。女娲为凤，玄始天尊，补天造人，确立婚姻"。

后土神的产生源于古人对天为阳、地为阴的理解，帝又与后相对，于是后土成了女神。被称为大地之母。

值得一提的是，这里的"后"，本意是帝王的意思，而非帝后之后。

西汉初，汉武帝在汾阴脽上（汾河入黄河处，今属山西万荣）建坛，六次率百官前来祭祀后土，并写下了"兰有秀兮菊有芳，怀佳人兮不能忘。""欢乐极兮哀情多，少壮几时兮奈老何！"等感怀诗句的《秋风辞》。于是，万荣后土成为后土崇拜的根与源。尔后，汉宣帝、汉元帝、汉成帝、汉光武帝、唐玄宗、宋真宗都到脽上亲祭后土。祭坛之外，专门的纪念性建筑后土祠也在此建立起来。其后的明清两代，皇帝在北京建造地坛，用于祭祀土地。这种祭祀，都明显地带有显示历代帝王对土地、对农耕重视的色彩，对社会生产具有积极的倡导作用。

相传，20世纪50年代，毛泽东主席曾经问山西省委书记陶鲁笳："汉武帝在山西南部盖过庙，写过《秋风辞》，不知那个后土祠还在不在？"可谓是后土文化在当代的一种余韵，一种折射吧。

在道教中，后土圣母全称为承天效法后土皇地祇，是道教诸神序列处于最高位置的"四御"中的第四位天神，也常简称为"后土"，俗称"后土娘娘"。与主持天界的玉皇大帝相配合，为主宰大地山川的女性神。后土崇拜，受民俗观念的影响，逐步演变为从原始社会就萌芽的生殖崇拜。

雕　塑

可能是仿照佛教三身佛三世佛等佛化身理论，圣母殿除主像外还塑有八尊圣母像。据说，她们从左到右依序分别是"乳引哺侍圣母""顺生衍庆保佑圣母""瘢疹葆和慈幼圣母""子孙圣母""引蒙通颖导幼圣母""初始立毓稳形圣母""育德广胤圣母"和"催生顺庆保幼圣母"，代表了圣母各司其职的分工形象。从名字中也可以看出，这里的圣母化育万物的职司已经被大大弱化，成为主司繁衍和育儿的女性形象了。值得注意的是，这些职司中不仅含有生育和健康这个人类永远的主题，还含有育德、通颖即现代教育非常重视的德才方面的分工。

圣母像分别端坐于大殿北、东、南三壁的神座之上，东侧五尊，北、南侧各二尊。东侧五尊之中间三尊下设须弥座式神台、外构木制神龛。这种三高六低的做法，使得塑像之间分开了高低层次，避免了呆板划一。

九尊像均为坐像，仪态端庄、神采淡定、雍容华贵，宛然帝后凌驾于此。九尊塑像身高、面容和神态毫无二致，如出一辙，区别只在于冠饰的颜色和四肢的姿势。

头戴凤冠——双凤翊龙冠，金龙翠凤口含珠滴，附以翠博山、蕊头、翠叶、翠云和牡丹花等，有飞龙各两条衔珠结挑排悬于两侧。身着常服，内穿襦裙，系玉环带，佩蔽膝、彩绦绶带，外披大衫。襦裙和大衫的褾（袖口）、襈（衣襟侧面的边缘）、裾（衣襟底边）均织花文，多为缠枝牡丹和龙纹，衣襟图案则为如意云、火焰及龙纹、凤鸟纹。蔽膝列出三等织章。云头舄多外露。面部塑造上蛾眉红唇、粉面秀目，神态端详仁慈，具有鲜明的母性色彩。

塑像因为受到像主身份的限制，大都面颊丰腴、正襟危坐、法相威严，以体现女神的端庄和尊贵。为了避免雷同，匠师在衣纹、色彩等方面着意较多，一草一叶、一鳞一片等细节都不厌其烦，用心雕画。衣纹处理十分逼真，由于大面积采用暖色调，或朱或赭、或杏黄或柳绿，衬以青、白、蓝的色泽，使主题人物的形象更加突出，整体上显得华彩斐然。匠师对九尊

子孙圣母像

圣母的坐姿也刻意设计，双手或捻袂、或持笏，或执巾、或抚膝，或相拥、或作说法印。下肢则多自然下垂，显得端庄，给人一种凛然不可侵犯的感觉。

但有一个个例，即北壁左手第一尊像。处理手法十分大胆，竟将圣母塑作一位怀抱婴儿的哺乳期母性的形象。圣母不再是高不可攀的宫廷命妇，变成了一位街头习见的市井妇女。朱唇轻启，臂着环钏，双腿自然盘屈以托扶婴儿，动感十足。为了让坐姿更为逼真，甚至不顾当时的避忌，展示出了她的腿部、脚部的形象。而且将脚塑作三寸金莲形状，应当是当时贵族妇女形象和生活的真实写照。这些手法在主题人物身上的使用，折射了圣母殿塑像鲜明的民俗化倾向。

乳引哺侍圣母像

女仆像

圣母之外，还塑有二十五尊神态各异的男女侍者。这些侍者的形象，应当是全部取材于当时的现实生活。自成一体、个性鲜明，比例匀称、姿态鲜活，衣着和神态个体之间毫不雷同，细节的刻画使得雕塑组群栩栩如生，是太符观雕塑中的最为受人称道的精品。

最为人们所称道的，是北壁左侧的女仆像。发际轻束，淡绿圆领短袄，深绿无袖比甲，下着马面裙，绛裤，乌靴，一副劳动妇女的装扮。一手搭巾、一手挹裙，双目顾盼。袖缘高绾，行色匆匆，似乎正在推门而入，准备为宫殿做日常清洁工作。可谓形神皆备，动态十足，呼之欲出。

与之相邻的，是一尊男性近侍形象。短发无髭，广颐细目，着圆领赭色直裰，口唇微启，似乎正在回答圣母的提问。这应当表现的是一个后宫宦官的形象。

男侍像一　　　　　　　　男侍像二

哺乳圣母的右侧，是一位朱衣绿裳的男侍，戴黑色方巾，似乎将要领命而去。

顺生衍庆保佑圣母的左侧，是两位怀抱婴儿的妇女形象。短衣短裳，显然是两位送生女侍。右侧，则塑了一位头戴皂帽、身着黑衣的男仆，衣着厚重，腰系粉绳，应当是圣母出巡时的马伕。

南壁两尊圣母两侧所塑之女侍，也都为女仆形象，大多为一身粗衣。多以皂纱束发作（上髟下狄）髻，是明代民间已婚妇女的装扮。而且大多不戴头面，应当表现的是乡村妇女的形象。个别将头发梳绾起来，也是素净无饰，应当表现的是农家少女的形象。衣着各色袄子或窄袖褙子，有圆领、立领、对襟等形式。下着各色马面短裙，裤腿大都高高绾起。她们与圣母宽大而华丽的披肩、襦裙形象在对比中，形成了巨大的反差，是匠师在刻意表现主仆之间的差别，也反映了当时劳动妇女的真实面貌。

这些妇女各司其职，形神皆备，动态十足，丝毫不显得做作呆板。她们手中各有营生，相互间言语顾盼，活生生一个集体劳动的画面。其中一位擦拭花瓶的女仆，

男侍像三

托瓶女仆像

目视前侧、双手托瓶，面带微笑、朱唇轻启，似乎在一边工作，一边对前面的少妇诉说内心的秘密。一个涉世不深的少女形象活灵活现。

值得一提的是少女手中的花瓶形象，在瓷器标型学中称为观音尊，一般认为它最早创烧于清康熙年间。它在明代万历十一年（1583）的雕塑中出现，说明了它的造型至少应该产生在明代，也或许它是珐华器的一种。

神龛之内的侍女，则在形象塑造上大有不同，衣饰处理比上述女仆要高贵得多，显然是在有意刻画圣母近侍的形象。她们大多佩戴箍子、挑心、金蝉玉叶簪、顶簪、掩鬓等华贵的头面，身着色彩艳丽的襦裙和背子，甚或穿舞衣，宽袖下垂、长裙曳地，或捧巾、或奉盒、或托印，俨然是圣母最为信赖的人。

龛内侍女像一

龛内侍女像二

男个像之一

也有头戴乌纱的男性内官造型，大多也在身姿、动态、神情上勾勒出他们的个性，十分生动有趣。他们都面目清秀而无须，应当表现的是宦官的形象。

这些内侍的服饰，虽然色彩艳丽，但大约是匠师为了表现他们与圣母地位的差别，所以，几乎全部不设花纹，无襕无饰。整个形体，也要小得多。这样，在整体感觉上，圣母的主体形象显得更加突出。

塑像中特别的是，在圣母的身后还设置了若干缩小版的圣母像，大多只塑出头部，身躯只是一截木头。她们是圣母的替身，专为香客奉请回家祭祀之用，在下一节《龛轿》中我们还将提到。

悬　塑

悬塑是泥塑造像的一种特殊形式，是群体塑像的衍生物，与先期成熟的圆雕神像有机结合，是山水壁画艺术凹凸成三维立体透雕艺术的展现。也可以说是绘画中的雕塑，雕塑中的绘画。先用木材、铁丝、麻绳等物做起轮廓性结构，然后敷以淘洗过的细泥，捏塑成山、水、洞、石、树、云等自然景观，点缀天宫楼阁、山水亭榭、神禽异兽与宗教人物等，组成不同内容的宗教传说故事。着色以后，与彩塑交相辉映，共同营造出一种仙界氛围，使礼神者、参观者产生一种身临其境的感觉。

后土圣母殿南壁与北壁，在圣母雕塑像之上，采用悬塑手法满壁塑出了九位圣母的"出巡"和"回銮"过程。

南壁之出巡图

出巡图云气缭绕于崇山峻岭之间，圣母有的乘轿，有的骑龙，有的骑马，近有侍者相随，远有天兵天将相护，前呼后拥、场面宏阔，约有各种人物形象近百尊，是人间帝王和官员巡视民间的真实写照。

北壁之回銮图

回銮图保存较为完好，在北壁的圣母主像头部之上，加置一块木板作为承重之用，木板之上全部设为悬塑。画面整体上被仙山分为左右两个部分，青山怪石嶙峋、屈曲嵯呀，常有石洞隐形其间，绝非人间寻常山水。高山与幽谷之间，遍布以九位圣母为主的群仙，大约共塑有百尊人物。圣母们按照顺序鱼贯前行，有的立于龙背，有的骑乘玉骢，有的身跨独角神兽,粉面华装,身躯前倾,正在细细察看人间生活。她们仪态端庄、凤冠霞帔,完全是宫廷命妇形象。与南壁大多以狰狞面目形象出现的随从不同,北壁神仙大都慈眉善目,或者是道貌岸然的文官,或者是金盔铁甲的武士,也有随侍于圣母前后的仆役,各踩一朵朱红色的祥云,顺着圣母注视的方向,凝神瞭望。

整个画面构图饱满,人物和背景设置错落有致、比例恰当。人物衣饰繁复但无一相同,着色艳丽夸张,大胆地营造出了一种仙界的气氛。特别是在人物、动物和神轿的塑造上,工不厌细,虽方寸之间也精雕细刻,显示了匠师非凡的构图和造型功力,也显示了匠师精益求精的敬业精神。

壁 画

壁画一

后土圣母殿在东壁和两山象眼部位绘有壁画。

东壁画面围绕神龛之内的三尊主像展开。祥云缭绕的苍松翠柏之间,一座神殿赫然在目。绛红大柱、棂花隔扇在龙椅之后若隐若现,朱门大开处,丹墀之下,乐舞伎们三五成群,正在偌大的庭院里演奏曼妙的乐曲。外侧,表现的是宫廷生活的场景。画面与塑像意韵相连、立体和平面错落有致,相映生辉,宛若圣母真实生活的场景再现。可以命名其为燕乐图。人物画面共分四组。现依从右到左的顺序,分别介绍如下。

第一组绘四个人物。一个侍女捧

书，一个侍女托盒，另两个顾盼有神，做耳语状，似在交流圣母的饮食起居情况，或者是圣母休闲时琴棋书画的方式。人物全部用单线平涂手法绘制，比例匀称、线条流畅，技法十分娴熟。

第二组共五名乐伎。她们身材修长、姿容靓丽，头戴（上巳下狄）髻、身着舞衣，花青色褙子点缀着朱红护领和朱红袖缘，使画面色彩鲜亮而华丽。各色暗花长裙衣纹飘逸，裙裾曳地，使得人物形象更加活泼生动。乐伎间眉目传意，相互顾盼，好像在互相提示乐曲的旋律节奏。她们大都广额丰颐、胭脂扑面，应当是当时最为时髦的美人妆。一个吹横笛、一个鸣笙簧、一个弹琵琶。

壁画二

壁画三

还有一个手捧古筝款款而至，将要给另一个乐伎送递。乐曲似乎正萦绕于廊庑之间。

第三组也为五名乐伎，从人物形象等方面看，与第二组显然出于一人之手。相互间配

壁画四

合默契,动静相宜。表现的是正在演出的画面。宫商有谱、律吕调阳,仙韶之曲正在奏鸣,袅袅不绝于耳。所持乐器略有不同,除笙和琵琶外,还出现了三弦、铜锣和响板,显示了宫廷音乐广阔的音域和通灵之声的曼妙。

上两组画面相得益彰,乐器特别,值得音乐家进行借鉴,也值得音乐史家们进行考究。

第四组绘制四个人物。内容与第一组相近,她们面朝圣母,或捧书匣、或托妆盒,显然也是在为圣母在后宫休闲做准备工作。

两山象眼部位的壁画则要简略得多,也自由得多。粉底墨色,内容为树下老人,间以山石、花草。

壁画五

龛 轿

神龛是缩小了的殿堂，既有为神提高地位的心理暗示功能，也有为雕塑遮风挡雨的实际作用。比起正殿，圣母殿的神龛显得朴素得多，只在正面三尊主像前加设。仿大木结构，共三龛。每龛均作面阔五间的样式，中间部分以垂花柱代替了实柱。简略雕出檐椽、额枋和垂幔的形制。但在它的彩画的使用上，如上文所述，采用了只有皇家才可使用的"和玺彩画"，符合特定人物特定场合的需求。

神龛

与正殿神龛相同的是，神龛也采用了天花之制，且无独有偶，绘制了与正殿一样的花鸟山水题材，共三十品。其构图、画法、大小等方面与正殿毫无二致，显是出自一人之手。这些画片虽多已受到雨渍侵袭，但仍不失为庙内的艺术精品，有很高的保护价值。

轿子，宋代以前称作肩舆，即抬在肩上的车厢，是古代贵族特别

黄鹂鸣菊图

是贵妇们出行的重要工具。它不但省却主人的劳顿之苦,还是一种身份与地位的象征。俗语说"八抬大轿",即此意。一般平民,大约只能在结婚的时候,才有乘坐的机会。按这种习例,要想迎接神仙,就必须得准备相应的出行工具。

神轿是圣母殿最为特别的一个与宗教活动关联的部分,为香客迎请圣母(替身)入宅赐福时所用。因为功能特殊,所以它大大异趣于普通民轿,也异趣于等级森严的官僚用轿,造型和装饰都极其华丽。

共五顶,高约两米,宽约一米。形制相同,作楼阁式,木作精细、彩画斑斓。小木作,楼顶作重檐十字脊歇山造,是一种等级上要高于普通歇山顶的建筑形式。

神轿由四根木柱承托华丽繁复的重檐庑顶,为表示开间的阔大,匠师还在每根柱的前面和两侧分别加设垂柱三根。垂柱柱头作仰莲式,柱顶随柱雕出四铺作斗拱一朵。之上,为重檐部分的底层屋檐。

重檐的底层檐分四面,斗拱四铺作,每面面宽方向五攒,进深方向七攒,即平身科三攒或五攒、角科两攒。重檐的两层屋面处理手法相同,瓦垅的筒瓦全用细木条拼出,勾头、滴水形状则用手工雕刻。大吻吞脊,

神轿

柱、枋榫卯相接。二层的斗拱置额枋之上,九踩四下昂计心造。每面三攒或五攒,平身科一攒或三攒、角科两攒。飞檐轻挑、垂脊高耸,龙形

垂兽、戗兽凌空欲飞，完全是建筑实物的模型化再现。

重檐斗拱部位特写

神轿最为抢眼的，是它的彩画。红绿彩金妆，艳丽夺目。在拱眼壁和额枋枋心都用沥粉堆金的手法，绘制规制化的龙凤纹饰，凹凸有致，十分耀目，极大地丰富了整体的色彩构成和层次，强化了神轿不同于普通轿子的神的意味。

每当迎请之日，焚香祷告之后，神轿和圣母披红挂绿，在唢呐高亢的乐曲之中，由道士相护，圣母（替身）深入民间，或催生、或受孕、或治疹、或育德、或广智，去完成人们期望的各种功德。

阵雨过后，空气中散发着一种土地的清香。大院显得十分静谧，在这种静谧中，做维修工作的工人们开始忙碌起来，叮叮当当的声响打破了庙院的梦。绿树与大殿顶上，历经一冬的承接的雾霾粉尘全被雨水冲刷到了遥远的地方。这种清静，正应是神殿所应有的常态。

在这种清爽的感觉中，我们步出圣母之殿，见斜阳正好，蓝天白云之下，一座与东配殿堪称姊妹的建筑映入眼帘。它便是太符观的第三个最重要的建筑，蕴含了一座座层峦叠翠的山峰的快意流淌的河流。

五岳殿

五岳殿为太符观的西配殿。据载，它重建于明弘治十一年（1498），比圣母殿时代约早九十年。大殿形制、装修、彩画等建筑要素与东配殿几无二致，明显的不同处，只有两个位置。

西配殿

西配殿山面

一是檐柱。

柱高柱径都和东配殿的柱之规制十分接近，但柱头卷杀十分圆润，带有强烈的元代以前的风格。显然，这六根檐柱是大殿重建之前的原制，当与正殿为同一个时代，只是在隆庆间维修时没有进行更换而已。柱头之雀替，仍具有较强的结构意义，与东殿略有不同，龙尾刻作蝉肚绰幕形。也是宋代建筑风格的延续。

西配殿匾额

圆润的柱头卷杀，也称作覆盆顶

其他方面还有诸如斗拱斗口不设小替木、华拱不设翼形拱等微小区别，呈现出不同的风格特征，因在结构上并无要义，所以在此不做赘语。

柱头斗拱

二是殿顶。

最显著的区别,是殿顶全部采用了灰脊灰瓦,实际是观内比较原始的一处屋顶处理方法代表了当时的一般作法。正殿与东殿,是在借鉴它的形制的基础上,改作琉璃烧制。

龙首形大吻

脊刹为楼阁式,三层,一层塑为"伍岳殿"匾的形状,二三层为歇山顶形式。左为青狮驮宝瓶、右为白象驮宝瓶,显然是正殿与东配殿制作脊刹时的参考。正脊、垂脊用连续牡丹花作纹,大吻为龙吞脊,似乎已具备清式剑把形式。垂兽头作闭嘴龙形,有翅,为应龙。

脊刹

殿顶垂脊一角

另外,大殿的后墙用砖,采用了一顺一丁平立结合的形式,不再采用泥皮作面,全部用砖封护,应当也代表着一定的时代进步意义,是青砖生产技术成熟和普遍化的表现。

从某种角度上来说,在琉璃流光溢彩的庙院,西配殿的质朴和原始,更让人能受到古典文化的袭染。

殿内梁架局部

殿内梁架及斗拱

梁架彩画与东配殿风格一致,色彩仍很鲜艳。

梁架彩画

但最能吸引香客的,是因常年不见阳光,而愈显高深莫测的大殿之内。

五岳殿实际是五岳四渎殿的简称。

与东配殿的主神后土圣母管理大地养育的内容相衔接和区别,西配殿祭祀我国的名山大川的各路神祇。

受阴阳学五行理论和东南西北中观念的影响,早在春秋和西汉时期我国就产生了五岳的概念和五岳崇拜。直到今天,五岳旅游也仍然是许多国人的重要选择。它的风光和内涵,在传统文化上具有不可替代的意义。也可以说,五岳是我国最具知名度的文化名山和旅游目的地。

古代帝王附会五岳为群神所居,在诸山举行封禅、祭祀盛典。"五岳"说始于汉武帝。唐玄宗、宋真宗封五岳为王、为帝。汉宣帝时的五岳以安徽省天柱山为南岳,河北省曲阳县的大茂山为北岳。后始以湖南省的衡山为南岳,以山西省浑源县的恒山为北岳。

五岳中"岳"的意思是高峻的山。魏晋南北朝时期,佛教和道教开始在五岳修建佛寺、道观,进行宗教活动,每个"岳"均尊奉一位"岳神",作为掌管该岳的最高神祇。这几座山上的天然风景亦逐渐被开发出来,供朝山信徒游览。明清时期,五岳形成以道教势力为主的祭祀场所,成为中国道教的中心。

论风光必曰三山五岳。"三山"者,"神仙"居住的地方也。"海中有三神山,名曰蓬莱、方丈、瀛洲"。五岳是封建帝王仰天功而封禅祭祀的地方,更是封建帝王受命于天,定鼎中原的象征。五岳劈地摩天,气冠群伦。虽然五岳不是我国最高峻的山岭,但都高耸在平原或盆地之上,显得格外险峻。《诗经》中有"泰山岩岩,鲁邦所瞻""嵩高维岳,骏极于天"等诗句，由此也可以看出五岳在古人心目中的地位。

五岳各具特色：泰山雄、衡山秀、华山险、恒山奇、嵩山奥。东岳泰山巍峨陡峻，气势磅礴。孔子曾有"登泰山而小天下"之叹，而唐代诗人杜甫则写下了"会当凌绝顶，一览众山小"的豪言壮语。南岳衡山地临湘水之滨，林木苍郁，景色幽秀，享有"五岳独秀"的美名。西岳华山，险居五岳之首。"自古华山一条路"，登临犹比上天难。北岳恒山则山势陡峭，沟谷深邃。中岳嵩山雄险有之，奇秀有之，突出在一个"奥"字上。泰山如坐、华山如立、衡山如飞、恒山如行、嵩山如卧。

士大夫阶层是古代的一个特殊阶层，他们似官非官、似民非民，比之常人有丰厚的财力，也有宽裕的时间。他们近可在自家宅院兴建园林，远可到名山大川访奇。浪迹之处，不仅留下了他们谈僧说道的典故，也留下了他们对自然的发自内心的赞美，题字作诗，不一而足。种种远游的经验，经过无数人的提炼，最后归结为"五岳归来不看山"的一句俗语。

所以实际上，五岳中的每一座山，都是一处自然风光超群绝伦的山峦，也是一个有独特文化概念的复合体。名人的足迹，使这些名山的秀美风光更为秀美，使花草石树都焕发了新的生命力。

山水相依。四渎是古代人们对四条独流入海的大河的称呼，是古人最早熟知的河流概念。受黄河文化的影响，它们全部位于北方，专指江（长江）、河（黄河）、淮（淮河）、济（济水）四条河流，直到今天，仍然有着十分重要的地理学和地标意义。只有济河，因早年断流而易名，但河南济源、山东济南等地名，仍在被人们继续使用。

五岳四渎，是对祖国大好河山的实物提炼，对它们的崇拜，则是人们对自然山水依恋情结的人格化表述。

值得一提的是，与其他地区单祀其中一尊岳神不同，汾阳地区历来就有将五岳同奉一堂的习俗，如虞城村金泰和年间五岳庙（省保）、北榆苑村元大德年间五岳庙（国保）等。这是一个有趣而特别的文化现象，也许有着不为人知的地域文化意义。

下面，我们将殿内的主题作品即五岳四渎塑像和相应的神祇分别进行介绍。

五岳大帝一字排开，端坐于西配殿迎面之神台之上，高约二米五，均相貌威严、双手持笏，一副君临天下的神态。塑像背后的整个西壁均以淡淡的花青色作底，意为"青天"，上绘连续不断的富有吉祥意义的黄色云彩，相互联结正辗转升腾，表达天宫之内的云气四方通达之意。五岳塑出背光，形状为靠背龙椅。椅背花团锦簇，木楑之间，下层塑芙蓉花、中层塑莲花、上层之两椽塑出两条正在腾挪飞跃的降龙。"搭脑"部位塑出一方垫巾，风格写实。其上再塑焰光，代表着五岳之神辉耀天下的意志和超凡力量。

五岳大帝衣着华丽，头戴博山通天冠，身穿右衽交领深衣，大带，系蔽膝，外披龙袍，足蹬步云靴。在膝下塑出华虫两条，带有明代皇帝常服的特征。宗彝、藻、火、粉米、黼、黻两行，相对立于大襟之襈。龙袍设o肩通袖襕，褾、襈、裾工极繁复，采用沥粉手法塑出各种动物、植物纹饰，以此衬托帝王之高贵。帝像因囿于程式，表情威严肃穆，姿势呆板划一，除衣饰花纹外，形象如出一辙。

五帝之左右各塑侍者一，姿容服饰皆不同。大都着短服，作捧巾、侍印等形象。而在面部处理上则力求自由奔放，脸部红、白、黑，面貌温、凶、傲各不相同，以此表达他们对大帝的恭敬和对职业的尽责。

值得注意的是，虽然在五岳大帝塑像的肩部未见塑出代表帝王的日、月的图案，但在

侍者像之一

他们的胸前，则塑出了各有特色的星宿图，如北岳大帝为北斗七星图。这应是五岳与二十八宿等天上星官相对应的一种重要暗示。

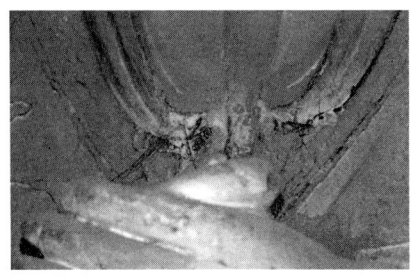

衣襟星宿图一

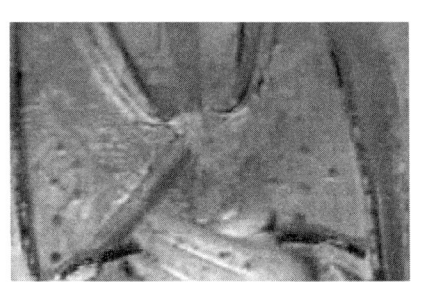

衣襟星宿图二

东岳大帝塑像

东岳泰山位于山东省的中部。山脉从东平湖东岸向东北延伸至淄博市南和鲁山相接，它的主要山峰都在泰安境内，起伏绵延达二百多公里，总面积为四百二十六平方公里。人们通常把泰安境内的泰山主峰及其邻近的山地称为"泰山"。从红门宫以南的一天门起，泰山拔地而起，在水平方向仅五千米的距离，垂直升高竟达一千三百多米；其间形成了三个明显的阶梯，一个在一天门，一个在中天门，另一个在南天门。

从秦始皇开始，我国历史上的历代帝王，直到清代的乾隆皇帝，都曾经到泰山进行过封禅祭扫活动。

据说，东岳是成兴公真人的得道之处，长白、梁父二山为其副岳。一说为盘古之孙金虹氏，《封神演义》

称其为黄飞虎,封号"天齐仁圣帝"。道教认为它主官职、定生死,兼主贵贱之分、长短之事。

东岳大帝塑像着青袍。

南岳大帝

南岳衡山位于湖南省衡阳市境内,是我国著名的五岳名山之一,为我国首批5A级风景区。南岳衡山自然风光秀丽多姿,人文景观丰富多彩,素有"五岳独秀"和"文明奥区"之称。祝融峰之高、藏经殿之秀、方广寺之深、水帘洞之奇,古称南岳"四绝"。春看花,夏观云,秋望日,冬赏雪,为南岳四季奇观;飞瀑流泉,茂林修竹,奇峰异石,古树名木,亦是南岳佳景。南岳山高林密,环境宜人,气候独特,是著名的避暑和观冰赏雪胜地。

传说南岳是大处真人的得道之处,滔山、霍山为其副岳。封号"司天福圣帝"。

南岳大帝塑像

南岳大帝的来历:姓崇,名当。《历代神仙通鉴》卷一五:"南岳庆华紫光注生真君崇当(金蝉长子)。"《封神演义》中则封崇黑虎为南岳衡山司天昭圣大帝。南岳大帝的神职:《历代神仙通鉴》卷四:"(元始曰)伯益即南岳后身,为庆华注生真君,主于世界分野之地,兼督鳞甲水族变化等事。"

东岳大帝之右为南岳大帝像,着赤袍。

西岳大帝

西岳华山位于陕西省华阴市境内。华山之险居五岳之首,有"华山自古一条路"的说法,有"奇险天下第一山"之誉!

华山名字的来源说法很多,一般来说,同华山山峰像一朵莲花是分不开的。古时候"华"与"花"通用,如《水经注》所说:"远而望之若花状。"

华山有东、西、南、北、中五峰。东峰是华山的奇峰之一,因峰顶有朝台可以观看日出、美景,故又名朝阳峰。北峰也叫云台峰,山势峥嵘,三面绝壁,只有一条山道通往南面山岭,电影《智取华山》即取材于此。西峰叫莲花峰,峰顶有一块"斧劈石",相传神话传说故事《宝莲灯》中的沉香劈山救母之事就发生在这里。南峰即落雁峰,是华山主峰,海拔2154.9米,也是华山最险峰,峰上苍松翠柏,林木葱郁。中峰亦名玉女峰,依附于东峰西壁,是通往东、西、南三峰的咽喉。

西岳大帝塑像

相传西岳是黄庐子真人得道之处,终南、太白二山为其副岳。封号"金天顺圣帝"。西岳大帝的来历:《恒岳志》:"西岳华山,终南、太白二山为副。岳神姓姜,讳垒。"《龙鱼河图》又云:"西方华山君神,姓昊名郁狩。"

西岳大帝的神职据《历代神仙通鉴》卷四载:"皋陶是西岳所化,敕为素元耀魄大明真君,主管世界珍宝五金之属,陶铸坑冶,兼羽毛飞禽之类。"

南岳大帝之右为西岳大帝像,着黄袍。

北岳大帝

北岳恒山位于山西省大同市浑源县境内。总面积147.51平方公里,管辖功能各异、景色纷呈的旅游小区15个,由东北向西南绵延五百里,锦绣一百单八峰,主峰天峰岭海拔2017米。恒山又名玄岳,集"雄、奇、幽、奥"特色为一体,素以"奇"而著称。恒山历史悠久,文化灿烂,气候凉爽,民俗独特,自然和人文景观兼胜,有"人天北柱""绝塞名山""道教第五洞天"之美誉。

北岳大帝塑像

北岳是长公真人的得道之所,天涯、崆峒二山为其副岳。封号"安天元圣帝"。《恒岳志》:"岳神姓晨讳鳄。"北岳大帝的神职按《历代神仙通鉴》卷四:"(元始日)契乃北岳转世,今为郁微洞元无极真君,主世界江河湖海淮济任渭,兼虎豹走兽之类,虺蛇昆虫,四足多足等属。"

东岳大帝之左为北岳大帝像,着赭红袍。

中岳大帝

中岳大帝塑像

中岳嵩山位于河南省西部,属伏牛山系,由太室山与少室山组成,最高峰连天峰1512米;面积450平方公里,东西绵延60多公里;东依省会郑州,西临十三朝古都洛阳,南依颍水,北邻万里母亲河黄河。入选世界地质公园、世界文化遗产名录,中国5A级风景名胜区,国家森林公园。

中岳的信仰,比其他的四岳要早。《山海经·中山经》云:"苦山、少室、太室、皆冢也。其神皆神面而三首,其余属皆东身人面也。"嵩山形象曾是半人半兽,正是人类早期所造之神在形象上的显著特点之一。

中岳是思认真人的得道之处,终华、少室二山为副岳。封号"中天崇圣帝"。中岳大帝的名称:《无上秘要》云:"中岳嵩山君,姓角讳普生。"

中岳大帝的神职据《五岳名号》载:"主世界土地山川陵谷,兼牛羊食稻。"《神异经》云:"中岳者主于世界地泽川谷沟渠山林树木之属。"

中岳大帝像位于北岳大帝像之左,着赭黄袍。

附:汾阳某五岳庙"五岳真形图"。

东岳太灵苍光司命真君　　　北岳紫微洞元光极真君

南岳庆华紫光注生真君　中岳黄元大光含真真君　西岳素元耀魄大明真君

以上这些奇形怪状的图形，正是"太符观"一名中的"符"的样式。符是道教传习的重要载体，实际是一些似字非字、似图非图的符号和图形，常常被书写在黄纸之上供人烧化服用或佩戴。

五岳真形图最早的记载是《汉武内传》："帝见王母巾笈中有一卷书，盛以紫锦之囊。帝问此书，王母曰'此五岳真形图也'。"晋葛洪所著的《抱朴子》又说："得五岳真形图，一切毒物莫能近矣。"古人认为要出入做客、过江渡海、进入山谷，或者夜行于凶地，若将上图佩于身上，则一切魑魅魍魉和邪魔水怪都会隐迹逃遁，不敢近身。

附图于此，便于我们对道教符箓的感官认识。这种渐已少见的"符"的图形，其实在古代道教传播过程中是一种主流方式，是符箓派道士传道的主要手段之一。

南北两壁，塑四渎之神像。

四渎塑像较之五岳体量要小，总高约两米，亦为坐像。其衣饰与五岳略同，但袍服不用龙纹，而用云纹绣出过肩通袖襕。后背不设龙椅靠背，两侧也无仆役服侍。拱手于侧，显然地位要低于五岳主神。唯长江、黄河二神骨相清癯、白髯飘逸，为老者之像。

南壁之四渎像

长江之神

长江之神

长江是亚洲第一长河和世界第三长河，全长6418千米，发源于青藏高原东部各拉丹冬峰，穿越中国西南部、中部、东部，在上海市汇入东海。

长江之神，有地方性的长江之神和全国性的长江之神之分。对长江的崇拜，开始是自发性的。大一统的国家形成后，国家祭扫江神，才有整体意义上的江神。《史记·封禅书》言秦并天下后，引《括地志》云："江祠在益州成都县南八里，秦并天下,江水饲蜀。"即在蜀地祭祀象征整条长江的神灵。

江渎之神谓为杨素,唐封广源公,宋封广源王,元封广源顺济王。

南壁之西侧,为黄河之神。

黄河之神

黄河水神

黄河发源于青海省巴颜喀拉山脉,流经青海、四川、甘肃、宁夏、内蒙古、陕西、山西、河南、山东等9个省区,最后于山东省东营市垦利县注入渤海,全长5464公里,是中国第二长河,仅次于长江,也是世界第五长的河流。

河神即黄河水神,是中国古代最有影响的河流神。殷王朝建立以后,对河神的祭祀极为重视,并建有河神庙。《史记·封禅书》:"及秦并天下,令调官所常奉天地名山大川鬼神可得而序也。水曰河,调临晋。"《旧唐书·礼仪志四》:"(唐玄宗天宝六载)河渎封灵源公。"《宋史·礼志》:"仁宗康定元年,沼封河渎为显圣灵源王。"

河神的统一称呼是河伯,即常说的河伯;河伯名冯夷(或作冰夷,无夷),始见于《庄子》《楚辞》《山海经等》。《三教源流搜神大全》以禹强为河伯。

105

北壁之四渎像

江神之东，塑为淮河之神。

淮河之神

淮河，古称淮水，现为中国七大江河之一。淮河发源于河南省桐柏县西部桐柏山主峰太白顶西北侧河谷，干流流经河南、湖北、安徽、江苏四省，于江苏省扬州市三江营汇入长江，全长约为1000公里。淮河流域地跨河南、湖北、安徽、江苏和山东五省，是我国十分重要的南北地理分界线。

淮河之神

淮水之神有二。《淮阳记》按《古岳渎经》云："禹治水，三至桐柏山，乃获涡水神，名无支祁。喜应对言语，辨江淮之浅深，原限之远近，形若猕猴，鼻高额，青驱白首，金月雪牙，头伸百尺，力逾九象，搏击腾掉，疾奔轻利，若倏忽之间，人观之不可久。禹怒，召集百灵，获淮涡水神无支祁。授之章律、鸟木由，不能制。授之庚辰，庚辰以战逐去，颈锁大索，鼻穿金铃，徙淮阴之山足下，俾淮水永安而流注海。"

《三教源流搜神大全》卷二：淮渎，唐裴说也。唐始封二字公，宋加四字公，圣朝加封四字王，号"长源广济王"。

河神之东，为济水之神。

济水之神

济水，古水名，发源于今河南，流经山东入渤海。现在黄河下游的河道就是原来济水的河道。

济水之神也是秦代列入祀典的。

《三教源流搜神大全》卷二："济渎，楚伍大夫也。唐始封二字公，号'清源汉济王'。"《酉阳杂俎》："平原县西十里，旧有社林。南燕太上末，有邵敬伯者，家于长白山，有人寄敬伯一函，书言'我吴江使也。令我通向于济伯。今须过长白，幸君为通之。'乃教敬伯，但于杜林中取杜叶，投之于水，当有人出。敬伯从之，恍见人引出。敬伯惧水，其人令敬伯闭目，似入水中。豁然宫殿宏丽，见一翁年八九十，坐于精床，发函开书曰'裕兴超灭。'侍卫者皆圆，具甲胄。敬伯辞出，以一刀赠敬伯曰：'好去，但持此刀，当无水厄矣。'敬伯出，还至杜林中，如梦觉而衣裳初无沾湿。果来年武帝灭燕。敬伯三年居两河间，夜

济水之神

中忽大水，举村皆没。唯敬伯坐一榻床，至晓著履。下榻之床，乃是一大鼋也。"

龙是公认的中华民族的图腾，升则在天，潜则入水，从云行雨，变化无常。我总感觉，龙起源于人们对闪电的认识，是对变化莫测的闪电产生敬畏而幻化出来的。到后来，在很长一段时间里，龙在民间是被当作水神来供奉的，是人们祈雨的主要对象。

西配殿之后金柱上，塑出了白、黄、黑、赭四条升龙。龙皆张牙舞爪，蟠屈于木柱之上，作飞腾之状。有趣的是，黄龙前爪抓着一颗血迹斑斑的人头。这里，还隐藏着一个关于"孝"的民间故事。

白龙

黄龙

山 门

山门位于前墙正中,建于明代,牌坊式,在同题材建筑中可谓颇具特色,是太符观极具个性的建筑之一。

山门

山门的概念起源于佛教。因为佛理和佛经故事的多重原因,过去的僧人多在丛林中修行。寺院为了避开市井尘俗而多设在山体的峰谷之中,故其门名为"山门"。后世造于平地、市井中之寺院,亦泛称山门。因门常设有三个门,所以又称"三门",象征"三解脱门",即"空门""无相门"和"无作门"。后来,道教因袭了佛教理念,也将宫观之门建为"三门"式样,称为"山门"。

牌坊是传承悠久的中华传统建筑形式之一,后世与牌楼之名互用。据说,牌坊源于古代城市中的坊门,坊门的基本功用是地方标志。那时,当一个坊里内的人有了体现"嘉德懿行"行为的时候,朝廷就会加以表彰,把褒扬的榜文悬挂在坊门之上,这个坊门就成了具有纪念作用的牌坊。这种精神嘉奖的习惯一直流传到了清代。

又说牌坊是由棂星门衍变而来的,是祭天、祀孔的祭祀性建筑的产物。所以一般构筑在主体建筑群的引道之前,与正门遥相对应。

到明清,牌坊的形式与山门有机结合,是华丽的山门,也是实用的牌坊。实际上变成了两个概念合二而一的一种形式。

山门之中门

太符观山门采用了四柱三楼三门不出头式牌坊结构,由里外青石踏跺相砌组成基座,厚重的墙体承担了夹柱石的作用,通柱及斗拱之上为悬山式楼顶。外设撇八字式照壁立于门侧,与山门组成一种互依互偎的联合结构,显得更加精巧而美观。

山门设三级踏跺,其上为坎墙及门槛。坎墙四堵、束腰,中镶琉璃团龙,上以砖雕出瓦、椽、飞和额枋等结构,既有装饰功能,也有一定的结构作用。

中门最为高阔,通天柱结构。斗拱四攒,平身科两攒为七踩三翘计心造(里外),柱头科两攒为五踩双翘,附于通柱之上。斗拱之下额、垫、枋具全,明代特点鲜明。是龙首雀替安置于一横向拱木之上,造型古朴简练。置门框及板门，板门设金属门钉及铺首，门钉横七路纵五路。门槛左右设门枕石，无雕饰。斗拱之上为悬山顶构造，灰板瓦覆面，黄、绿、蓝琉璃筒瓦、

山门雀替

脊筒、吻和垂兽压沿，琉璃陶塑均用高浮雕，虽然面积不大，但雕、镂、印、贴工艺无不精细，光泽四射，至今仍璀璨如新犹刚刚出炉。垂兽之下，采用走兽各一，状貌竟不相同。西侧为狻猊、东侧为天马，形状生动有趣。

中门之斗拱外视

中门之斗拱内视

南北两个侧门形制相同,体量较中门低狭。斗拱三攒,为五踩双抄计心造。板门略小,无铺首之制,门钉横三路纵五枚。其余形制与中门略同。

门壁上的左右两条琉璃团龙是整个山门的点睛之作,也是整个太符观建筑中所有琉璃构件中最为精彩的部分。直径约一米,以环状的卷草纹与竹节圈护,里面的主题图案为两条盘曲臃肿的升降游龙,作二龙戏珠之态。团龙二首向心相对,飞腾于云谲波诡的海浪之上、叶卷枝缠的牡丹之间。四爪凌利、鳞片突起,二目炯炯、长躯劲健,整体动感十足,堪称明代琉璃造型艺术中不可多得的精品,历来为游客和专家学者所称道。特别是焕然如新的色彩,更让人们流连忘返。

琉璃团龙

两侧撇八字式照壁，应为清代所补砌。须弥座，长方形的斜格方砖壁心由砖雕竹节圈围，无装饰，给人留下想象的空间。壁顶起脊，灰布筒板瓦复面，砖雕出椽、飞等仿木构件。额与枋之间，雕出清代习见的荷叶墩和一斗三升图案，丰富了人们的视觉感受。

山门前的一对青石石狮，按其造型，应与山门是同时代的作品。

东汉时，安息国王向中国献上了第一头狮子，为人所稀奇。其后，狮子逐渐被人们艺术化和神化。后来，石狮就与麒麟、"四不像"等成了重要场所的守护神，成

石狮之一

为传统文化中常见的辟邪物品之一。在宫殿、府第、寺院，都设置石狮子守门，以壮声威。后来，在门枕、石门楣、檐角、栏杆等建筑部位，也雕刻上姿态各异的石狮子，成为中国古代建筑不可缺少的装饰。

从汉代到现代，狮子造型有一个从野兽到宠物的演变过程。山门石狮已经具备了柔顺的宠物形象，一戏幼狮、一踩绣球，发作螺髻、颈系项圈，兽的野性荡然无存，高贵和喜庆的色彩历历在目。特别是摆在庙宇山门之前，使之更夸大了造型中生殖、生命等美好寓意。从造型和雕造手法看，肢体比例尚属合理，腿与肋等部位的雕造还较写实，比之清代的"十斤狮子九斤头，一双眼睛一张口"的形象显然要写实和古朴，但仍裹挟着鲜明的兽中之王的王者之气。

原东西配殿之南，各建拱券窑洞十孔，是为庙院出售香火供品之所，上建钟鼓二楼。今仅存西侧窑洞，尚为原构。

碑　碣

碑碣是我国特有一种文字形式，最早起源于墓碑。因当时还没有发明纸张，许多需要记载的事情就写在帛或简上。但因竹与帛不利于保存，所以人们将重大事情的记录就刊刻在石上，亦即现在所说的石碑。如《文心雕龙·诔碑》："自后汉以来，碑碣云起。"一般而言，圆首者被称为碣，方首者被称为碑。早年，按照成规，碑的规格要高于碣，但到后世碑碣常常被混用，名称意义渐渐淡化。随着文化的发展，碑碣不仅是人们志物记事的重要载体，是具有很强真实性的重要历史材料，而且其书法艺术多属精品，其刊刻工艺和碑石形制等也都荷载着大量的历史文化信息。所以，有些碑碣甚至独立成为一个国保单位。

太符观曾经一度是当地的一个文物保管机构，所以，除本庙原有的以外，还保存有一批弥足珍贵的外来碑碣。下面，我们分两部分进行介绍。

庙　碑

现存本庙庙碑共计九方。

太符观创建醮坛记碑

本庙最重要的一块当属《太符观创建醮坛记》碑,目前镶嵌于正殿之前壁之上。文曰:

乡贡进士张蜕撰、西河任罡书、汾水李元甫刊伏以恢崇琳宇,合法度于人天;建立星坛,示威仪于福地。所以层分三级,制按四方,计兴创始之功,焉有不资之费,须凭豪迈众结良缘是用。步履森严,列黄冠之导唱;絪缊缥缈,有白鹤之来迎。上则可以荐福禳灾,下则可以拔幽出滞。不可思议,起无边心。兹者本观特建醮坛一座,又浚井于其中。大凡工物之资,悉自檀那之助者哉。谨具檀那姓名于右:

南郭村

任应(略)

郭栅镇

保义副尉商务司监李居仁、攒司郝实、进义副尉张、进义副尉马威(余略)

双塔村

进义副尉王彦(余略)

进义副尉孙德、姚忠

北郭村（略）

任颜村（略）

爱子村

进义副尉郝达（余略）

进义副尉张潮

进义副尉张时（余略）

乡贡进士王宇

进义副尉成保（余略）

本州孔目胡谭、洁惠坊魏艮（余略）将相坊（略）

郭栅镇升玄邑武晖（余略）

施凿井匠南郭村（余略）

砌增砖匠双塔村刘在、马元，九枝社段琼

本州天宁观道士盖全明（余略）

前太符观监观法眷道士武子瑄、寄居住庵张守元

承安五年五月十五日住持太符观监观主口道士张若愚立

门人道士任志仙、道童马志道、张山寿、张喜僧

上碑高九十厘米，宽一百一十厘米，青石质，楷书，卷草纹饰边，保存完好。

这方石碣虽然面积很小，内容只是庙中建筑醮坛和浚井的记载，但由于时代久远，所以，不仅它具有对整个庙宇的断代意义，而且因为记载了十分丰富的历史文化信息，还是研究金代地方史等有关课题的珍贵的实物资料。文中，"黄冠"为道士的代称，"醮坛"为道士做法的道场。"檀那"是印度佛经名词的音译，本意为布施，即给予、施舍的意思，后引申为施主。碑文虽寥寥数语不足二百言，却从法理、法事、工程诸方面都勾画得清晰明了，无一赘语，八百年前醮坛的营造过程通过这段文字赫然浮现在眼前。即使用现在的眼光看，也够得上一篇绝佳的

应用写作范文。

前文提到过,碑文中村名很多,却独无上庙一村之名,显然当时还没有此村。文中村名在汾阳本地大多仍然存在,如郭栅、爱子、九枝社、南郭等。连当时的汾州城中坊里在内,它辐射的面积可达二十公里以外,足见当年太符观在民间的影响力。也说明了主持人在建设选址的时候,并不是像一般寺观一样以人口集聚地为中心,而是以子夏山的风水作为首选背景的。

文中任颜村一名应为任、颜两氏的集聚地,现作仁岩村,系后世以义取音而改。

《新竖后土香赀记》同上碑,也镶于正殿前壁。其文云:

新竖后土香赀记碑

郡庠生尽善南里玉洲任瓒撰

郡庠生尽善南里月磐郝桂书

卜山(即子夏山)之阳有昊天后土祠,其来弗克稽矣。原其义,无非酬资始资生德也。故每岁四月初八日,各里社首备礼、奏乐,以庆圣诞。所以尽人心、答神贶也。然报赛虽在于兹日,而进香则在于六月二十四日也。维时,远近、殊方同轨毕至,金帛、异文,士女一敬。间有为亲者、为身者,又有为嗣者虔诚祈祷,无不获应。各输香赀,次第是守。迨万历十年,迺及尽善南里致仕官、东溪郝文纯等,经理会计银货数盈一斤之上,除赛享外,置枣园五亩,余膳桌三张,依数罄然焉。未尝纤毫自私也。故志石云:

嗟嗟我公,翼翼小心。礼乐明备,是享是陈。置田制器,无一不清。昊天不爽,福善祸淫。此心无愧,昭鉴神明。命工勒石,播告后人。

大明万历十一年新正谷旦立。

邑社首致仕官郝文纯国监生郝某、孙男郝某。

社首(略)

守庙道士罗崇珍、张道、田道。

此碑大小与上碑略同,亦楷书。

碑文内容十分有趣,大意是退休官员郝文纯归乡后,经管了众人捐献的一斤(十六两)以上香资,办祭事,置田亩,因为资金数量较大,也可能民间有些说法,住持道士专门为此立碑澄清。碑文一是叙述圣母崇拜之盛况,二是介绍香资之去向,不但有助于人们了解太符观的道教活动历史,也可以把它看作是古代诚信文化的例证。

《尽善北里施钱人》碑两块,均镶嵌于正殿之前壁,落款时间都为万历三十四年(1606)六月十一日。碑无行文,书亦潦草,为姊妹篇。但其中有几个词颇堪把玩,即"宗室""将军""仪宾"等,且人数达二十有余,反映了当时的一个重要史实。

明初,朱元璋四子晋王朱(木冈)之四子庆成王(朱济炫,妃樊氏所生庶四子)、六子永和王(朱

尽善北里施钱人嵌石

济烺，樊氏庶六子）封于汾州（即今汾阳），后世袭封。这些王子厚禄之下又无事可做，除了滋事就是生孩子。史书有记载的，其中一任庆成王竟然生了一百多个儿子，以至儿子之间、父子之间不能相认。据说到明晚期，汾州城内宗室繁衍，几乎全部成为朱姓一族。因宗室势力太大，州制已不足弹压，于是官府不得不在明万历二十三年（1595），将汾州升格为府。

有意思的是，在这个年代，在距城三十余里的尽善北里，宗室人数也已激增，流若平民了。碑中宗室朱某，应系皇族正统，而将军则为旁出，仪宾为公主之婿。小小两区嵌石，折射出了人口不受节制而呈几何节数增长的实况。种种资料表明，当年两座王府的存在，曾经极大地影响了当地衣食住行、婚丧嫁娶等方面的民俗。直到今天，汾阳的许多非物质文化遗产都还带有明代王室风格，形成了独特的地方文化特色。

应当想到，太符观东西配殿均建于明代，其建筑、雕塑与壁画，人物的服饰与礼仪，自然会受到两个王府的影响，是人们行为的重要参照，甚至有些内容是王府生活的写实。

在西配殿与西窑洞之间的短墙上，嵌有碑碣三方。其一为明万历十一年（1583）《重修太符殿碑记》，一为清乾隆十五年（1749）《粉妆西廊记》，另一方为清顺治十四年（1657）《太符观葺修岳渎记》，漫灭特甚，已无法辨认。

《重修太符殿碑记》保存较为完好，特摘其中完句供读者共飨：

> 村北曰太符观，胜迹也。其地势高阜，山川萃秀、楼口半染，岚霞殿古、叠埋云雾，且荫以怪木、杂以奇葩，自下观之，巍然焕然诚仙境也。以故羽流异士，罔不游者。况天施地生，而岳渎诸神则又民用所资祭。仪曰：凡有益于民者，则祀之。是皆有益于民者，岂可应报?! 东廊以祠后土，往年被焚，即里人郝永国会众高诵营，已告完矣。正殿三楹，以妥上帝，有父口迈焉，废而不修，甚非心之所安。永国者因内柏将颠，售价若干，乃复加勤励，运瓦石、备

颜料、鸠工匠以葺之，凡百支用，不假人力，伟哉功乎！檐阿华彩而广隅整饬，则其所口似续先人以归，肇祀者赖是以不坠矣。经始于万历九年七月内迄，奈万历十一年六月日告成。呜呼！天子南郊祀天者，分也，降是而诸侯而大夫，均谓之僭僣则不享，况庶人乎？虽然分不同也，而心同；心不同也，而理同。理同则所以敬事天神，于以酬表生物之功者，天子庶人其心一也，奚口计夫由之享不享哉！况报赛以祈年谷，吾乡之口尚也。舍是曷之焉，是固可以口其传。内妆修钟鼓楼二座……

明万历十一年六月立石

后文为布施人名单。

重修太符殿碑记碑

较之前碑，虽然文意差强，保存也不完备，但它讲述了东配殿建筑的始末，时代精确，具有很重要的断代意义。

以下是《粉妆西廊记》的内容：

古今来事之全胜者，曷以动人欣悦之心而偏胜者多？人亦郁之。汾邑太符观玉皇上帝之殿建于坎位，圣母娘娘之宇立于艮地，栋楠栋粉、金妆彩画，无不灿然可观。独有居兑位而与圣母对面者，乃五岳神祠也。梁柱斗拱焕然者不显，其光华仰观者，觇绘彩之不齐而有偏胜之。既住持因圣会募化，善人亦捐己赀，彩画妆修，两廊相辅，全胜而不偏胜矣！斯举也，虽神圣之灵，而日夜图釉心力兼尽者，实住持清源之功居多也。是以志之于石。

乾隆十五年岁次庚午瓜月之吉

乾隆十五年为1750年，距今二百六十年，而不管东廊还是西廊，所谓的焕然之彩画，早已风涤殆尽，了无痕迹。而正殿檐下的木构件，无一不是通身棕灰之色，显露着经历了千年风霜雨雪的沧桑之态。可以作为西配殿内彩画年代断代时的参考。

《太符观肇会衍庆碑铭并序》立于圣母殿廊下，圜首方座，为本庙碑中最高大和保存最完好者。其文：

太符观肇会衍庆碑铭并序

赐进士第顺天府府尹前山东布政司左布政使户科都给事中文阳易吾田畸撰

尝仰稽祀典载观庶务，其钦承利益之间，厥有田也。故精灵昭格必攸庇于群生，宪庆生为要，永光于凝绩。祀务必举，神、人胥庆者乎？！尽善村东北里许，有太符观，其建久矣。正殿居玉帝，廊东栖后土诸圣母，廊西列五岳四渎之神。台下乐楼巍然，二门达大门，弘厂闲口，香火祀事相传有年。地以人兴，时如有待。万历丁酉之岁，里中耆德寿官王廷恺、王会极、国宾王凤位厥议经营，概然有奉神利民之想，乃筛其殿庑，新其倾圮，捐财集赀，增砖窑二十孔于二门之内，以四月八日之辰，肇基大会。聚四方财货马畜而贸易之兇献孔殷互市称便。然恐里无城郭，事有偷堕，复议尽善南北与大北郭三里之众，取敦谊忠实者编为十甲，轮流而保，助之前三信善者调停而董治之。自朔之一日至十日止，洋洋在上感口稷而居歆，喷喷腾欢望良辰而咸集，使效牧之地俨成胜迹。呜呼休哉！愚惟念兹腾举事以人兴，所惧万岁千秋事以时废。则夫体前人之公心，效前人之勤为谨，其登献慎其绥来。辑其保甲，遵其董治，所赖于后之善信者，良不细也。然太符之神既能雨阳时若，福泽生民，此哲人以灿斯事，此靳代有贤哲以嗣以续哉！然则兹观也，永将衍汾水之灵波，萃卜山之秀色，而兹会亦与观无极矣！铭诸坚石，盖以纪年。铭曰：

厥里地灵　于昭神惠　启佑惟明　式增盛祭

泽及群生　波流百世　勒以贞珉　用凤后裔

起会纠首　寿官王廷恺、义官王会极、国宾王凤立

大明万历三十年岁次壬寅夏四月初一吉日立

住持道士孙宗义，徒郝庆雷

　　创兴集会之碑存世较少，本碑对庙会的研究有一定的价值，也说明了庙会与祭祀的渊源关系。内文提到了窑洞的建造时代和建造目的，而关于对圣母的祭祀与集会等内容，可与《新竖后土香赀记》碑相互佐证。

　　《增修紫微阁记》，今在新建紫微阁之上。文云：

汾尽善北有皇天后土岳渎神祠，业已尽天地山川之口口，人心口格之诚矣！乃于祠右复建一中天星主，盖合诸神为一神者也。闻尝按四十四万言万物之精，上为列星精，诚于天有天道焉，又百水之精而山岳不可口观乎？况是神也。环口垣以为居，其位尊统众象而临驭其权，大出不隐，其光曜而其泽普。建阁以祀一理之固然，而情之不得不然者。噫，天道难闻、孔门慎语，则隐显而证夫人事。

读援泰口'六符'之说，紫微符君、众星符民，惟皇建极，而荐恭以平天下，宛乎天枢从义，而环拱以向一人，何异列宿之朝紫极乎？与斯役者，慨然有君民共理，三思。木有赍萃背督，采（彩）塑复施。庙势突然而生起，非以耸瞻肃，威望也。神象焕乎，其文章……处，耽也！若夫以功犹落第二，义矣！虽然星之为言，精也，天地山川之精也。精以孚精，惟是一诚之往来口炫耀间哉！特其因心起象，因象起敬，为之脩设云时，首事者寿官仁甫、王廷恺，其选也而二，以共成盛举者，皆与起意募缘道士孙宗义，效口口而不怠者也，是记。

陕西平凉府固原州同知郝宁

国宾王凤立

义官王会极

寿官王廷恺

大明万历三十六年孟冬月十七吉立

紫微阁已毁于一旦，但其创建碑仍历历在目。值得注意的是，它与肇会的主持人员都是王凤立等三人，时间在六年之后，似乎说明了创建经费与肇会之间有着某种内在的关联。

文中国宾指老臣或前朝之臣，本文王凤立未见典籍记载，似应为乡宾，即由州县推荐的士子。义官，是古代专设的一种编外官职，明朝时最为盛行，由官府直接任命或采用其他奖励形式向社会颁布。荣获义官称号后即在社会上拥有一定的地位，能直接参与当地官府、域内的管理事宜。寿官是明代出现的、恩诏颁赐的"德行著闻，为乡里所敬服"的老人的一个头衔。

从上述庙碑中我们似乎可以发现一个小秘密，即明代记事较之其他朝代要多，内容也更为庞杂。实际上，从明朝立国起，道教就进入了宫廷政治之中。由于朝廷的重视，明代成为我国道教历史上发展的极盛时期。不仅统治者将道教变成一个辅助统治的工具，还有不少皇帝本人就身体力行，力图达到羽化登仙的目的。所以此时，在上层，道教的"道""虚""静""心""性""命"等教理进入了哲学领域；在下层，民间的道教活动开展得十分普遍，符箓、内丹术等大行其道。这种社会风气在太符观的反映，直接的是有大量的资金流的进入，间接地反映在建筑上，就是不断地维修和增建改建，在雕塑等方面，是工不厌细、极尽铺张，处处显露出一种奢靡之风。

第二部分，我们介绍一下从观外迁来的古碑。共七通，其中六通立于庙院东南隅。

造像碑三通

北齐碑局部文字

《北齐造像碑》碑高一米五、宽六十厘米，原建于大相村巨刹崇胜寺。因原庙毁坏，20世纪70年代迁建于此。

造像碑是北魏至唐代这一时期风行的、特有的宗教佛教文化艺术品种，在其上开龛造像（多为佛教造像，极少数与道教有关）。并常铭刻造像缘由和造像者姓名、籍贯、官职等，有时也有线刻或浮雕的供养人像。盛行于北朝时期，是研究当时宗教艺术及宗教史的重要实物资料。

本碑题记为北齐天保三年（552），在碑的前后两面各浮雕出两层佛龛。蛟龙碑首，龛楣雕如来佛讲经故事图，周边雕有飞天伎乐及天幕等，上龛雕供养人像，下龛雕一佛二菩萨。

此碑是一块名碑。清初大学者顾炎武、朱彝尊曾经到大相村观摩，并记录于《金石文字记》。民国时，梁思成、林徽因造访崇胜寺，再研此碑，并记录于《晋汾古建筑考古预查纪略》一文。其间，金石界闻人、汾阳县长王（土育）昌再抄碑释碑并收录于《汾阳县金石类编》。此碑砂石质地，所以风化十分严重。正文几乎不可见字，但碑侧之"颂词""供养人名"残迹沿存，书体古拙，清风扑面，令人耳目一新，有鲜明的魏碑风格，具有很高的书法研究价值。

文中官职名称繁多，可补史之不足。而多见相里氏之名，是对相里姓氏研究的重要实物资料。据说，晋大夫里克后裔改姓相里，大相村为其集聚地之一，村名即由此姓氏而来。

相邻为《正平元年造像碑》和《武定四年造像碑》，分列北齐碑左右。武定碑青石质，尚可识读部分字形，开三层佛龛，上层在龛楣位置雕佛像一，下两层均雕一佛二弟子像，均已面目不清。正平碑砂岩质，残损最为严重，已无字迹。碑首残缺不全，开龛若干作"千佛碑"式样。碑身正中尚存一较大龛窟，雕一佛二菩萨像。虽古意斑驳，但均只留浮雕痕迹，令人扼腕。

《宝公禅师遗像碑》原立于汾阳西关崇真寺，1978年迁来。碑阴刻文，碑阳线刻禅师坐像。文云：

> 州西三里许，有崇真寺，寺有宝公禅师祠。挟元提举河防学校事袁之翰撰碑
>
> 师讳应宝，姓康氏，榆次人。少质良好善，及长，落发从大宁妙总禅师焉。所授法，诸口口能深悟妙总，故又尝从太白山之明禅师、熊耳山之瑞山主，骎骎起口口口口。五十由文水至汾州梵天院。时会绛州节使完颜金紫请为住持口，住梵天院十年，为河南沔（渑）

宝公禅师遗像碑

池僧延请师之，去五年，复来汾之天宁寺。寺之昔旧苦口不可口口至明，其人多以善感九渊论之。居五年，忽示微疾，曰甚时往矣。其徒涕请所遗，乃有'七十年来一梦间，伙风离散不为颠；而今脱下娘生袄，一句临行莫乱天'之句，俄而圆寂。更有语录、偈颂法界观图行于世。后有言见师之形于黄栌岭者，人传以为悟真矣。因于人口处起石为塔，且建寺焉，时在元之明昌三年也。又谓火化之余，眼存如在，厥后负目疾者祷之辄应，故以眼脏神之云。今年正月，太学生李君，文臣，以观野至其地，见厥寺口葺、厥碑断裂、厥字之蚀于苔藓者三之二，因喟然曰：'口道不可知也，古迹不可泯也。以其不可泯而存其所不可知，可也；以其不可知而废所不可泯，不可也。厥迹弗振，则禅师之遗、之翰、之撰皆废，而至于泯矣。呜呼！可乃辍拾口，断文咬字而节请于予，故因其不可泯者而模，之记。

至正七年岁次戊子春正月吉日，监生李口儒立

碑中所记之人之事皆奇。主持人在对传闻的相信与不相信之间，采取了一种科学的态度，将传说与实迹实录于石，目的显然是昭告后人。除过一般的碑碣价值之外，这也是我们今天研究此碑的另一个要义。碑中所言及的黄栌岭，为汾阳、离石间古道的最高峰处，天保三年（552），北魏曾在此处修筑直达朔州的长城，历为古建筑学者所重视。

《雨渍仙碑遗迹记》碑原立于城内东关圣母庙，1978年迁来。

幼闻雨渍仙碑，汾八景之一也，心窃异之。名曰雨渍，自有由来，及询之故老，亦仅述夫耳，闻未尝经以目见，迨遭回禄，而谬愈谬矣，何涂说者流。自矜博古，遂不顾世鄙之，世亦渺为目不识丁。余悯焉，伤之。值镔姪有志复古，合众託毫曰：'景维泯，迹犹宜存也。'遂即幼所考核，直叙碑之由来。或曰创自汉武，或曰唐初筑城，记愈迷。所闻曷敢不阙其疑？及至雍正丙午夏，供事庙中濯涤碑垢，而文意残缺，殊难详阅。然少年心性，务得其解，虽点画糊涂，而因文达意，尚可释然。更辗以拭之，始知系宋祥符四年修筑碑记也。今特识于碑阴，庶可为后世思古者一证，云。

雨渍仙碑遗迹记

　　汾郡逸人赵惠谨撰
　　半化散人赵镔敬书
　　乾隆二十一年岁次丙子九月吉旦

碑阳竖刻"仙降"二大字。
碑中所记，十分有趣。古代州县，大都附会有八景十景之说。赵惠喜欢刨根究底，但并没有身体力行，而其姪则显然要认真得多，三番五次一探究竟，最后才知这只是一块宋代的老碑，并没有传说中的诸多奇妙。所谓八景之一，显然是人们的一种附会，无端夸大了碑的实际价值。
摘旧《汾阳县志》对雨渍仙碑的记载，可作为了解此碑的一个参考：

"在东郭人美厢北圣仙庙前。仙号长命女,宋时掘得碑,有仙降。因请之降乩,有诗。州人建庙树其碑,天将雨必先润。"所谓的扶乩诗也有记,类似于现在所说的"打油诗",谓"吾本西河(汾阳古称)一女仙,数年离乱在蓬颠;帮临福地遗仙迹,不朽流传万万年。"

实际上,这块碑也不是未雨即润的所谓"螃蟹石",只是一块普通的青石而已。现代科学认为,石头的这种特性,是由于气压偏低、空气湿度较大的缘故。一般而言,质地致密并且冰凉的石头在下雨前会变得潮湿,乃至凝结出水珠。

《狄武襄公神道碑》是观中所存碑碣中最大的一块石碑,也是山西古碑中的第二巨碑(司马光碑体量最大)。原在汾阳峪道河狄青墓,明代移置城内狄公祠,1978年移至太符观。文云:

> 宋故推诚保德守正,翊戴功臣,护国军节度,管内观察处置等使,特进检校太尉,同中书门下平章事,行河中尹,判陈州军州事,兼管内堤堰桥道劝农事,上柱国,天水郡开国公,食邑七千七百户,食实封二千一百户,赠中书令,兼尚书令,谥武襄狄公神道碑铭并序
>
> 翰林学士、朝散大夫、尚书、礼部郎中知制诰、充史馆修撰、判昭文馆、知审官院提举、集禧观公事、上骑都尉、长安县开国伯、食邑八百户、赐紫金鱼袋臣王珪奉敕撰
>
> 三司度支判官、朝奉郎、尚书刑部员外郎、充集贤校理、上骑都尉、赐绯鱼袋、臣宋敏求奉敕书
>
> 至和三年八月,上以枢密使,护国军节度使,检校太尉,河中尹,天水狄公口同中书门下平章事,出判陈州。明年三月,感疾于州,未几以薨闻,天子口然。辍视朝二日,发哀苑中,赠中书令,太常谏行,谥曰武襄。既葬于汾之西河,有诏史臣以刻其墓隧之碑。臣谨案,狄,始周成王封少子于狄城,因以为氏。其后代居天水,至梁文惠公,乃大显于有唐,其子孙或徙汾晋间。公实西河人。赠

太傅，曰应之，于公为曾王父；是生真，赠太师；太师生普，赠中书令，其配曰兖国太夫人侯氏，公其次子也。讳青，字汉臣。生而风骨奇伟，善骑射，少好将帅之节，里间侠少多从之。初游京师，遂补拱圣籍中。宝元之初，元昊叛河西，兵出数无功。公自散直为延州指使。延帅知公敢行，故常使当贼锋，凡数岁，出大里、青化、榆林、归娘岭、东女之崖、木匦山、浑州川、白草、南安、安远等战，大小二十有五，中流矢者八，斩首捕虏万有余，获马、牛、羊、橐驼、铠、仗、符印、车辎、器物以数万计。尝破贼金汤城，至于乾

狄武襄公神道碑

谷、三堆、杏林原，遂略宥州之境屠咩、岁香、毛奴、尚罗等族，燔其积聚数万、庐舍数千，收其帐二千三百，生口五千七百。又城桥子谷，筑招安、丰林、新寨、大郎堡，皆扼贼要害，使不能窥边。以功亟迁至秦州刺史、泾原仪渭兵马部署、经略招讨副使。上欲召见公，会寇薄平凉，因命图形以进，由是天下知公名。公提泾原之师，威震羌夷。既而曩霄复称臣，西陲少事矣。乃以公为捧日天武四厢都指挥使，徙镇定路兵马部署，迁侍卫亲军步军马军殿前都虞侯，历惠州团练使，眉州防御使，保大军口度观察留后，迁步军马军副都指挥使，遂领彰化军节度使，知延州。一日，天子顾将帅之臣无逾公者，乃召为枢密副使。加检校司空。皇祐四年，广源州蛮酋侬智高僭窃服号，以盛夏举兵，陷于邕州。济舟而东，又陷沿江九郡，进围广州，力屈不能下，还据于邕。所过，吏民多被害，江

湘之南，人心为之萧然。公于是抗章请行，又因侍上间，自言："臣结发起行伍，顾无以报国，今远夷跳梁，不足为陛下忧。愿将锐兵数千，当羁叛蛮之颈致之阙下。"上壮其言，遂改宣徽南院使，宣抚荆湖南北路，经制广南盗贼事，知检校司徒。上亲饯于垂拱，所以临遣之意厚甚。先是，蒋偕、张忠等继以轻敌失军，士卒莫有战斗志。明年正月，自桂林，次宾州，会广西钤辖陈曙，以步卒八千溃于昆仑关。公即按曙以不应令，并殿直袁用等三十一人，咸以军法诛之，众莫不慴恐。既而顿甲军中，又下令且调十日之粮，或莫能测，贼使人觇吾军而还。黎明遂合三将之兵以行，乃绝昆仑，出归仁铺先自为阵。贼果失守险，遂悉其众逆王师以战。前锋孙节搏贼死山下，贼气乘锐确吾军。公亲执旗鼓，麾骑兵纵左右翼，出贼非意，时会暮，贼前后不胜敌，遂大败；驰骑追之，斩捕二千二百级，伪署黄师宓、侬建忠等五十七人殁于阵。智高夜纵火城中而遁。明日，破贼入城，获金贝之物以巨万，畜数千，悉分其戏'四'下。招复老壮七千二百，尝为贼所俘胁者，皆慰遣以归。又敛群尸筑京观于城之北隅。初，有衣金龙之衣，又金饰神龙干檐仆其傍，或言智高已死乱兵中。有欲为公亟作奏者，公曰："安知其非诈也？宁失智高，敢诬朝廷以贪功邪？"二月班师，遂曲赦五岭，又布德音至于江湖之南。公还，为枢密副使，进位检校太尉、河中尹，俄拜枢密使。赐第城南一区，子悉优以官，公固谢曰："赖陛下神灵，出师大捷，皆诸校力战之功也。臣之诸子非有勤劳，何敢拜君命？"上固以宠之。在枢密四年，自以遭时奋用，乃夙夜一心，进图国事，虽权幸不可挠以法。上累访以边机，尝从容陈所以攻守之计，天子深然之。晚以盛满为戒，思避时柄，遽终于陈州，享年五十。公为人慷慨，尚节义，有大虑，缜密寡言，外刚重静锐而内宽。其计事必审中机会而后发。其行师必正部伍营阵，明赏罚，虽敌猝犯之，无一士敢后先者，故常以少击众，而所向无不靡。与士同寒饥劳苦，而又分功与人，未尝自言。安远之战，方被创甚，闻寇且至，即挺身以前，众莫不争为用。问尝独被发，面铜具，驰突贼围中，见者为之辟易。今丞相韩公琦，故资政殿学士范公仲淹，同秉武节，经于西边，公时为裨将，殊为二公见器。仲淹又尝以《左氏春秋》授公，以谓"为将者不可不知书匹夫之勇，无足尚也"。公于是自春秋、战国，至口秦汉以来成败之迹，概而能通。公为泾原招讨，起居舍人尹洙知渭州，因与公善。洙学通古今，尝与公谈用兵之术，称曰："虽古名将，殆无以过。"其后洙以过贬死，为周旋其家事，唯恐不及。其徙真定，道过故乡，谒县先下车，趋至今庭，遂燕故老于蘦下，里中荣之。公事亲孝，遭中令之丧，虽祍金革之事，而哀戚过人。方秉枢于朝，奉充国太夫人膝下，日举觞于堂间，又天子赐珍，其家极荣养矣。征南之日，戒内外不以闻，惧遗其亲忧。始行至邕，会瘴雾之气昏郁中人，或谓贼流毒水中，且士饮者多死。忽一夕，泉涌于郊，汲之甘洌，遂济其军。此非诚所感邪？公薨之初，诏卫公枢归殡京师。其葬也，宠以鼓吹旌辂，送于都城之西。又敕所过郡治，道上，共具发材官，轻车至于西河。卜用嘉祐四年二月甲申之吉，是岁以祫飨恩，加赠兼尚书令。臣尝伏读兵法曰："以治待乱，以逸待劳，此善用兵者也。"又考前史之载，将而持重有谋者，其出靡不有功。如武襄之西定灵夏，南平峤外，未尝不择形胜，整师徒，先计而后战，遂摧凶陷敌，名动殊俗，为国虎臣，善夫！臣洙以谓有古名将之略，岂诬也哉。公娶魏氏，封定国夫人。六男：长曰谅，三班奉职，蚤卒。次曰谘，西上阁门副使。次曰詠；内殿崇班、阁门祗侯。次曰谏，内殿崇班。次曰说，东头供奉官。次曰谏，内殿崇班。说、谏早卒。二女许嫁而卒。孙：曰璋，左侍禁。曰踌，尚幼。铭曰：

　　汾晋之气　蒙于崆峒　有如其人　武襄之雄
　　始来京师　感慨从军　以节自发　孰莫不闻
　　元昊蓄奸　归节塞下　西边用兵　露甲在野
　　公出大里　至于杏林　奇谋纵横　以詟戎心

上顾将帅	威名无如	来汝陪予	秉国之枢
盗起南荒	乘边弛防	陷邕围广	妖氛以猖
公于上前	愤然请讨	贼失昆仑	膏血原草
还服在廷	越兹累年	夙夜乃事	匪图弗宣
将相出藩	年甫五十	公不复还	天子为泣
生莫与荣	没莫与哀	旗常之载	其绩有来
有勤其初	有大其后	考德于诗	以质不朽

嘉祐七年十一月二十六日建

中书省玉册官臣张景隆奉圣旨镌并口勒

碑高四米四，宽一米四，文字共三十二行，每行九十字，字径约四厘米。额篆"旌忠元勋之碑"六个大字，双行竖列。额下横书"御篆赐额"。碑文长达三千余字，依当时神道碑惯用体例，概述了从平民官至宰相的一代名将狄青的生平事迹。可谓是朝廷对狄青的盖棺论定之语。

撰文人王珪，字禹玉，成都华阳人，当时为开封知府。史称其"其文瑰丽，词林推许"。书丹人宋敏求，字次道，时任度支判官。《两台集》认为他的字可以与虞世南、薛稷、欧阳修、褚遂良称先后。

狄青既是北宋少见的功高盖世的将军，又是一个悲剧性人物。他为人低调沉稳，作战勇谋兼备。曾经有人问他是不是太原狄仁杰的后人，他只笑而不无据自认。而按照碑文内容，狄青系为唐代狄仁杰之后。他出生于汾州狄家社村，死后二年迁葬于汾阳刘村。至今，狄青在民间仍有诸如"怒打拦街虎""狄道"等传说，很受崇拜。今村中仍有祠祀。

碑文虽未十分讲究文采，但较之《宋史》对于狄青的记载，更翔实而具体，可以算作是一份珍贵的英雄史实。所谓盖棺论定，碑文与别的人物墓碑大异其趣，并没有对死者给予言过其实、辞藻华丽的社会评价。所以我们推测，应当是受到当时朝廷政见的影响，作者对于狄青只是尽量客观地叙述其生平事迹，极少对其进行个性的评判。临了，在成为惯例的"铭"中，才比较放得开，含糊其辞地对他做了一些低调的歌功颂德。当然，限于封建社会的政治背景，这种描述，已属相当不易了。而把这篇碑文放到北宋这个特定的历史时期去看，我们不难感觉到封建文化在那个文人时代，对于生者、对于死者，其压抑人才、人性的力量是多么可怕和可憎。

究其实，狄青虽然青云直上，但到位极人臣之后，与在军中不同，与一般人的想象也不同，他并没有受到预期的众星捧月般的拥戴。相反，在枢密使位上竟受到了来自各方的莫名其妙的非议。这里，虽然有重文抑武的特殊政治背景造成的以文欺武的环境氛围，但在此之外，在古籍的字里行间，我们也可以窥见蕴藏于人类内心的妒忌之火是多么可怕。恐怕狄青之错，就错在出身平民而功高盖世上了。在诸如欧阳修等大名鼎鼎的文士"莫须有"类的文章，加上不可稽考的坊间流言蜚语重重包围之下，皇帝不得不做出让步，贬谪他出判陈州了事。这种结果，虽然出乎军中将士的意料，但却正中一帮无聊官僚的下怀。朝廷似乎因之而显得平静下来，狄青只能无奈地忍受无以言表的不白之冤。可怜军中号称"万人敌"的一员猛将，在重重心理压力之下，欲诉无门、欲哭无泪，郁郁寡欢、积忧成疾，在韶华正健的四十九岁上与世长辞。他的悲剧，正是封建制度压抑人才、残害生命的真实写照。"狡兔死而走狗烹"，是中国封建史上的一种宿命，也是千百年来，人们一直呼唤"人尽其才"开明政治的原因所在。

我们凭吊狄青，重要的意义在于理解他无可言说的痛楚，更在于致力改变形成他痛苦的因素。只有运用制度的力量对于"人性之恶"进行防范，才会中止类似悲剧的上演。

观中最珍贵的一通碑为《唐故大将军上柱国郭君碑》，今用玻璃封护立于圣母殿廊下。它原立于太符观之南、郭栅村岗上，是唐初郭某君的神道碑。民国间金石学者王育昌为保护此碑，移置观内。

[上缺] 州刺史口口口司徒公口口口口口口华藩分铜虎口口口口羽口口口口口口口口口口口口口口口口口口口口口口口拔口

郭君之碑

大都□志隆□□□备□端怀厚□于九功,□留情于七德,汪汪有□□之量,仡仡有勇夫之质。父嵩,禀性虚凝不□荣□□□□□□□□□一混是非,穷柱下之深趣,双举鹏鹦,得濠上之幽情。公家承礼教,藉庆膏腴,□□不群,英姿□□。皎皎若霜浔之映秋桂,肃肃似风岭之茂寒松。闻诗礼而游方,观儒墨而睹奥。每登高愤叹,投笔长怀,企梁𫗧之忠谋,追班超之义勇。□□□西山之□,□□□之戎,冠六郡之良家,雄五陵之侠少。属火运挺灾。乾纲紊绪,焚原靡救,□类毋遗。大唐标□帝之灵文,兆苍精之秘篆,起□□之积甲,建参野之连旗,经纶大夏之墟,缔构潜丘之壤,指麾日月,负闉阇以□移,□尘山川,□地□□□□。于是荐名相府,委质戎场。挥霜剑而斩老生,奋长戟而摧霍邑。殊勋克著,授公上仪同三司。于时绛州逆命,不顺皇猷,公扼腕齐心,冲冠目裂,布鱼丽之阵,拟却月之城,瞬息之间,俄然殄灭,获勋居最,授朝请大夫。于时,武周作梗,同黑山之未平;建德乱阶,类黄巾之犹炽;太原北望,无复人烟之墟;绛州南指,咸为戎马之地。危□孤立,是曰浩州,四面受敌,千里绝援。关山杳杳,望长安如日边;岁月遥遥,疑京兆于天上。田单之困即墨,窘若悬巢;郝昭之守陈仓,危同累卵。于是总管真乡公李仲文乘连率之华,当庙略之委,以公茂族盘根,任之心膂。亲御矢石,展效立功。授上轻车都尉。□贞观三年,颉利雄视龙庭,控弦百万,虔刘都鄙,扰乱边陲,太宗文皇帝，坐黄屋以永怀，临紫宸以太息。伤彼残贼，哀此氓黎。爰命英公董戎薄伐。公口木口之剑，持冉有之矛，执角争先，中权后劲，获勋第一。授上大将军，赏物四百段。遂乃八表义安，四海清晏。公乃韬戈息骑，琴酒怡神。咀嚼六经，鱼猎百氏。临池入木之技，逸少见以多惭；献赋制檄之才，相如谢其清俊。上闻震宸，爰降丝纶，召公为金门关镇将。公辞两疏之口，冠挂东门；谢司农之官，传芳北海。至七年，又辟公滕王口府司马。公志性林泉，赏心风月，悟有情为速朽，识多财为累愚，悲景烛之不口，哀霜口之愈远。深凭实相，弘立胜因，虽陆生散千金之资，实朱公弃三口之产。俦斯树口，未可同年，以此固辞，确乎不受。太宗文皇帝崩，遗诏：起义元从，班例加勋，诏授上柱国。皇帝驾幸并州，公策驷远口，蒙恩口口口口口段。公勋庸克著，英声美于五臣；荣宠既章，功名显于六佐。如何与善徒欺，辅仁多爽。滔滔阌水，既一逝而无归；冉冉生灵，亦百年而有竭。口口口口口口薨疾薨于私第。灵座空而游尘满，卢檐廊而暝禽哀。追口德于犹生，想音徵而以谢。农夫辍耕而永叹，机妇罢织而长嗟。岂直巷绝歌声，邻口口口口口。以乾封二年岁次丁卯十一月丁巳廿八日甲申，迁窆于大夏乡隐泉之原，礼也。前临梓泽，俯眺九京，却背隐岑，岩口万仞。西瞻翠岭峻峙口口，口口口汾杳然如带。夫人王氏，令望江东，派流并部，姻连三挤，婚口五口。内睦六亲，外谐九族。痛长城之永别，泪染湘川，悲陇水之分流，更成呜咽。口口口口口，子宏道，并左亲卫，立性廉让，虚己接人，孝乃天性，忠为令德。亚刘宗之两骥，埒韦氏之双珠，攀静树以长号，口寒泉口永慕。以为镌全口口口口口口口口口口口口口口口口口口口铭口其词曰：

　　口口口口口口口口口口口口口口口口口口口口口口口口口 [下缺]

碑文局部

此碑甚为珍贵,有人按照它的时代和文字风格,推断其为虞世南所书。以方格做框,楷书,结体严谨,偶间以个别行草字体,显得生动活泼,有很高的研习价值。其文章行文一气呵成如行云流水,文字凝练准确、字字珠玑,散句与骈文交相辉映,带有强烈的初唐风格,显然出自大家手笔。如"皎皎若霜浮之映秋桂,肃肃似风岭之茂寒松"等一类的句子,对仗工整、形容恰妥,完全可以说是不朽之句。能够将一篇应景之作写成如此,可见作者腕下功力何等了得!与众多的同类文章相比,其立意和叙述手法都十分高超。可惜因为它很早湮没于草莽之间,未能引起前人对它足够的了解和重视。但从文章文笔和书法水平,我们似乎也可以想见郭君本人在朝中是有一定的政治地位或是有相当的人脉基础的。

需要指出的是,也许是受到刊刻工具的限制的缘故,唐以前的碑碣大都为砂石(砂砾石,也称砂岩)质地,虽然易于镌刻出书法的笔道,但对于收藏保存,实在很是让人无奈——以致大部分珍贵碑石留存至今多已面目全非。郭君碑正是红色砂岩,风化十分严重,目前所存文字约仅为原文的十分之三四。上面抄录内容,源于清康熙五年(1666)朱彝尊先生手抄本。因为石质的原因,我们直至今天,都不能知道郭君为谁、碑文作者为谁、书者为谁,这实在是一件无可奈何而又让人永远耿耿于怀的憾事。

朱彝尊先生在汾阳访古发现此碑后,大喜过望,亲为题跋。文云:

右郭君碑，在汾阳县北七十里（此处有误，实东北三十里）。予于丙午秋，经郭社（栅）村行沟中，仰见土冈之上，碑额微露。环冈数里乃登，读其文，皆骈骊语，首二字剥裂，君之名字、门世与撰文者皆阙焉。其知为郭君者，藉有额存也。碑立于乾封二年，中有云"辉霜钺而斩老生"，盖从太宗攻霍邑者。按《旧唐书》："宋老生弃马投堑，甲士斩之。"《新唐书》则称为刘宏基所杀。温大雅《创业起居注》又云："老生攀绳上城，军头卢君谔所部人跳跃及而斩之。"世咸不知挥刃者之为郭君。而君之名，以石裂终不传，可惜也。

联系碑文内容，一幅隋末战事的场面赫然在目。上文曾经提及，郭栅村位于并汾古道之侧，是当年李世民起兵反隋的必经之地。想来义军所过之处，不仅一路攻城略地，也会一路招兵买马，沿途精壮青年随之从军是情理中的事。郭君便是此时入伍的。

附带要介绍的是，据地方史料记载，李世民当年从并州一路南下，攻打汾州时采用的办法是围而不打。某日，城门悄然打开，开门的人物，是隋朝汾州的一名小吏。而他在唐朝却名满天下，成为初唐宰相，他的大名叫房玄龄。这次不损兵将的胜利，使得李世民大喜过望，将汾州作为他供应粮草的大本营和攻打介休、霍州的大后方，并在此长期经营，以致在其练兵之地形成了后来的一个村落——普会村。

有意思的是，郭栅村西南十里，有村名曰太平村。村外也有一幢神道碑，是为"卢君之碑"，碑由李北海所书。按碑文，其人也是当年李世民义军的追随者，事迹与郭十分相像。只是年龄长于郭君，去世时官职也略高于郭。卢与郭应当是前后参军，合编为一伍，并由卢率领参加了著名的霍州战役。农家子弟的战绩，竟成为朱彝尊先生考量历史的一段悬案，或者算是一段文史佳话，这正是碑石在无意中给我们透露出的历史信息。

二十八宿保刘秀

在太符观之西南隅,原有一处建于庙院之内相对僻静而又自成一体的小院,题名"紫微阁"。它既是道士们日常起居之所,也是供奉着东汉始皇帝刘秀和二十八宿的庙堂。这一种庙中庙的格局,并不常见。此中二十八宿的塑像,是太符观众多的雕塑精品中的精品,为众多雕塑专家和爱好者一致推崇。为了了解紫微阁和这些雕塑的内容,让我们先说说二十八宿保刘秀的典故。

刘秀,是西汉皇裔,后世称汉世祖光武帝,东汉开国皇帝,是历史上著名的中兴之主。虽是皇族,但刘秀这一支属远支旁庶的一脉,尤其到了西汉后期,刘氏皇族的子孙遍布天下。《汉书·平帝纪》载:"宗室子,汉元至今,十有余万人。"也就是说,刘秀除了姓氏,其实和一般老百姓已无二致。

众所周知,西汉末年,发生了王莽篡汉事件。王莽执政后,对西汉后期形成的社会积弊进行了大刀阔斧的改革。这次本来有进步意义的社会变革因为从上层建筑开始,又过激过快,触动了封建地主的根本利益,导致整个社会发生了更大的动荡,本来就极其尖锐的社会矛盾进一步激化。赤地千里、哀鸿遍野,王莽改制宣告失败。新莽天凤年间,赤眉、绿林、铜马等数十股大小农民军纷纷揭竿而起,海内分崩、天下大乱。

刘秀兄弟起兵,正是绿林军中的一支。这支部队与其他部队联合后,虽然兵少将寡，装备很差，但因作战勇猛，力量逐渐壮大，后融合于刘姓"更始帝"名下。在群雄逐鹿的纷争中，经过著名的"昆阳之战"，实际由刘秀控制的部队以少胜多，一举战败王莽最为精锐的四十二万主力，彻底摧垮了王莽新朝的根基，刘秀的部队也成为农民起义军中最富活力的有生力量。而刘秀因战功卓著，靠自己的声望和"得陇望蜀"的野心加魄力，历经十二年艰苦卓绝的斗争，终于一步步获得民众的支持和他梦寐以求的皇位。

在这个过程中，追随他出生入死的战将计有二十八人，即邓禹、马成、吴汉、王梁、贾复、陈俊、耿弇、杜藏、寇恂、付俊、岑彭、坚谭、冯异、王霸、朱右、任光、祭遵、李忠、景丹、万修、盖延、邳彤、铫期、刘植、耿纯、臧宫、马武、刘隆。这些人，大都为当年一起举事的南阳郡同乡。

刘秀与别的开国皇帝不同，生前成为天子，死后还成为一尊道教神祇，接受了千百年的香火崇拜。有意思的是，在汾阳民间，人们不仅传颂着"二十八宿保刘秀"的故事，还把从汉代以来一直沿用至元代的绳纹、勾纹砖，都称为"刘秀砖"。既表明了这种建筑材料的古老，也似乎在隐示着它们与汉光武之间有一种特别的关系。这种民间传习，也反映了民众对刘秀口口相传的追捧。从历史上看，刘秀与山西一地关系并不太大，而在当地出现这种文化现象，是一种比较奇怪的文化现象，值得有志者进行深入探讨。

汉明帝（刘庄，刘秀之子）永平年间，刘庄追忆当年随其父皇打下东汉江山的功臣宿将，命令绘制上述二十八位功臣的画像于洛阳南宫的云台，史称"云台二十八将"。这种做法，为后世王朝所借鉴、光大，几乎成为一种惯例，如唐代绣功臣像于凌烟阁，应即是这种做法的延续。

二十八宿的概念本来是中国古代天文学说之一，又称二十八舍或二十八星，是古代中国将黄道和天赤道附近的天区划分的二十八个区域，实际是古人为观测日、月、五星运行而划分的星区，用来说明日、月、五星（金木水火土）运行所到的位置。每宿包含若干颗恒星。在很长的历史时期，被广泛应用于中国古代天文、宗教、文学及星占、星命、风水、择吉等等术数中。同四象八卦等传统理论一样，在很早以前，二十八宿就被定型化了。从考古发现来看，湖北随县出土的战国时期曾侯乙墓漆箱，上面已经记录了完整的二十八宿的名称。如同十二生肖一样，其起源和文化意义至今仍然并未能够全部解释。它把南中天的恒星分为二十八群，分为四组（又称为四象），每组各有七个星宿。人们把当时所发现的2442颗星划分为207个星官，这些星官又被分列入二十八宿中。二十八宿的名称，自西向东排列为：东方苍龙七宿（角、亢、氐、房、心、尾、箕）；北方玄武七宿（斗、牛、女、虚、危、室、壁）；西方白虎七宿（奎、娄、胃、昴、毕、觜、参）；南方朱雀七宿（井、鬼、柳、星、张、翼、轸）。也就是说，二十八宿代表了天上的四个区域的2442颗星。

古人在此基础上，不但列出了二十八宿与十二地支、与春夏秋冬四季的关系，还进一步阐述了它与中华大地州、府的对应关系，即所谓的星野分布。正如王勃所写《滕王阁序》中"豫章故郡，洪都新府。星分翼轸，地接衡庐"的描述，形成了一套天地合一的理论。在人们了解传统文化的时候，是值得关注的一部分重要内容。

唐初，五行家袁天罡把二十八宿与二十八种动物撮合在一起，并在每个星宿名下分别缀以日、月、金、木、水、火、土中的一个字，从此一个字的星座名称就变成了由三个字组成的星宿名称。这种星宿、动物、五行相关联的名字，富有中国特色，也是太符观紫微阁塑造雕塑形象的理论基础。

后来，人们把追随刘秀起义的二十八将与二十八宿相对应，进一步将天上的星与地上的人联系在一起，使得二十八宿人格化、世俗化。同二十八宿拱卫紫微星一样，二十八将也就成为拱卫刘秀的上天使者。

二十八将士与二十八星宿的对应关系略如下表：

官爵	姓名	星宿	兵器	官爵	姓名	星宿	兵器
太傅高密侯	邓禹	角木蛟		大司马广平侯	吴汉	亢金龙	
左将军胶东侯	贾复	氐土貉		建威大将军好畤侯	耿弇	房日兔	戟
执金吾雍奴侯	寇恂	心月狐	枪	征南大将军舞阳侯	岑彭	尾火虎	刀
征西大将军夏阳侯	冯异	箕水豹		建义大将军鬲侯	朱祐	斗木豸	枪
征虏将军颍阳侯	祭遵	牛金牛		骠骑大将军栎阳侯	景丹	女土蝠	
虎牙大将军安平侯	盖延	虚日鼠	斧	卫尉安成侯	铫期	井木犴	戟
东郡太守东光侯	耿纯	室火猪	刀	捕虏将军扬虚侯	马武	奎木狼	戟
中山太守全椒侯	马成	胃土雉	斧	河南尹阜成侯	王梁	昂日鸡	枪
琅琊太守祝阿侯	陈俊	毕月乌	刀	骠骑大将军参蘧侯	杜茂	参水猿	
积弩将军昆阳侯	傅俊	觜火猴		左曹合肥侯	坚镡	危月燕	刀
上谷太守淮阴侯	王霸	鬼金羊	枪	信都太守阿陵侯	任光	柳土獐	刀
豫章太守中水侯	李忠	星日马	箭	右将军槐里侯	万修	张月鹿	鞭
太常灵寿侯	邳彤	翼火蛇	戟	骁骑将军昌成侯	刘植	轸水蚓	
城门校尉朗陵侯	臧宫	壁水㺄	戟、鞭	骠骑将军慎侯	刘隆	娄金狗	剑

无独有偶，山西晋城玉皇庙西庑南八间为二十八宿殿，南、西、北三面也环塑二十八宿星君像。因为塑像作者的美术地位和宣传得法，其像不仅是二十八宿中文化意义上的代表，从雕塑艺术上，也早已成为中国元代雕塑中的代表作品，常常被人宣传介绍于报纸杂志。

按《增修紫微阁记》碑，太符观这批雕塑的成塑年代为明代万历三十六年（1608）。值得庆幸的是，虽然它的载体早已不复存在，但二十八宿像与刘秀像一起，被管理者小心翼翼地保存了下来，成为太符观引人瞩目的珍贵艺术品。

据说，当年，紫微阁的建筑结构比较简约，只是一个窑洞之上的小式木构。

紫微，是中国传统命理学中的一个概念，对应现实中的北极星。紫微大帝是道教四御之一，全称为"中天紫微北极太皇大帝"，紫微又叫紫微垣、紫宫、紫微星，位处三垣之中的中垣，是星座上属帝王之所居。皇宫又被叫作紫禁城即是采用了这一说法。道教认为北极星是永远不动的星，位于上天的最中间，位置最高，最为尊贵，是"众星之主"，因此对他极为尊崇。紫微大帝的职能是：执掌天经地纬，以率日月星辰和山川诸神及四时节气等自然现象，能呼风唤雨，役使雷电鬼神。又认为人出生时的星相决定人的一生，决定人的命运。认为各种星曜对人的命运具有特定的关联，又因为星曜按一定次序出现，相应的人就按照这个次序接受星曜带来的影响。

从上述内容，就不难理解太符观为什么要建筑紫微阁，又为什么与道士的起居之室会建在一起了。显然，它是太符观当年内在的门户所在，它既是观内道士为人打卦算命、接受民众布施最主要的场所，也是人们接受上帝与星宿观念的第一课堂。另外，它相关的星宿内涵，也与正殿所供神像是一脉相承和互为依傍的。

太符观二十八宿像的特别，不仅在于其偶像的稀缺，更在于他们不同凡响的神采塑造。像高大约在一米许，按照匠师对人对神的理解，处理手法既相类似又个个不同。人物大都采取大臣之像，在殿内当年应表现的是持笏朝贺的场面。主像刘秀，身着冕服，粉面黑须，座像，高约两米，仿佛教造像作说法印。二十八宿像则一律作持笏上朝的站像。头戴进贤梁冠，身着明式深衣，外披青红袍服，面朝主像恭立。在这种呆板的程式之下，匠师不被无奈的程式所禁锢，对人物的面部进行了十分个性化的处理，使得一组雕塑"活"了起来"动"了起来。因二十八将大都行伍出身，所以面部大多着紫、少量着粉。结合了袁天罡的命名，二十八宿在人像的基础上进行了大胆的神学处理。如傅俊像，因其星宿名为觜火猴，所以塑作雷公脸，活脱脱后世"孙悟空"的形象。他们虽然站姿相同，但表情经匠师精心的构思，呈现出了呼之欲出的独特个态。紫脸将大都骨相清奇、双目暴突，显得孔武有力。而粉脸臣又丰颐细目、顾盼有情，一副胸有城壑的谋士之态。这些独一无二的个性特征，仅在一个面部就能表现得淋漓尽致，用"栩栩如生"去形容可谓是恰如其分，体现了作者在雕塑衰微时期不拘一格又极为写实的表现能力。显然，作者有观察生活的丰富积累，而更能折散出的是他对雕塑艺术独到的感悟力、创造力。

因此，这组雕塑受到了诸多大家学者不约而同的肯定和赞赏。

遗憾的是，因为载体的毁失，塑像本身又无题记或标示，对于每尊像的名字，除个别而外，大部分我们都难以稽考了。

锦上添花

作为一处特殊的古迹，在太符观让人目不暇接的存世文物中，除上述外来碑碣之外，还有一些特别有价值的艺术品值得一提。在那个"史无前例"的时代，人们把随时会毁失的珍贵文物集藏于此，从而使太符观的外延有了更大的扩展。

铁　狮

铁狮原在城内铁马老爷庙，因新中国成立后庙宇被改为学校，且其中大量的实物被人为毁损，后文化部门移置而来。现立于正殿之前，是观内仅存的铁制文物。

我国的冶铁史起源较早，到汉代，技术日臻成熟，产生了大量的铁制兵器和农具。而将铸铁技术成功地应用到工艺领域，是在唐宋。但因为冶金技术的原始和数次"镕金铸器"的政治原因，所以成品特别是传世者很少。到了明代，山西一地因为阳城、交城等地冶铁能力的大大提高，许多寺观中的佛道造像由泥塑变作铁铸，以至形成了一种奢靡风习，各地大型的金属造像层出不穷，为我们留下了许多文化遗产。如晋祠圣母庙中的金人像、汾阳城墙铁双雁等，前文林徽因测绘古建筑的照片，即在高大的铁佛之前。

汾阳城内关帝庙由于门前铸有两个牵马铁人，所以被民间习称为铁马老爷庙。此庙的历史较早,原称关王庙,是按照古代城市规划而设置的与文庙相对的武庙。此庙始建于唐代,历代多有改建增建。目前,此庙主体建筑风格为明代。尚留有正殿、献殿、寝殿、东西朵殿、东西配殿等原构。其源于唐代的建筑格局、变化有致的建筑结构和华彩如新的建筑琉璃,至今仍放射着璀璨的艺术光芒。学校迁出后,关帝庙已恢复原有规制,成为市民重要的文化活动场所。

明代铁狮

这一对铁狮是关帝庙众多传世可移动文物中具有代表性的遗物,按自铭,它铸造于明代正德五年(1510)。

铁狮铭文

狮像通高约两米五,两层底座,分别为石座与铁座。青石座作须弥座式，分三层，上枋刻帷幕纹，上枭刻覆莲等图案，应是铁像铸成后为了与之配套而专门雕造。铁座置于石座之上，分节铸造，上承铁狮。鼎足，金刚座样式，上下枋枋心浮雕缠枝花草，四角由竹节相连。束腰部位分别浮雕神兽、牡丹等纹饰。铁座之上，二狮蹲踞。

狮像具有明显的明代风格，比较写实，仍然呈现狮子劲健有力的动物本性。虽也有简约的装饰性，但仍可感到强烈的动物之王的本性。狮戴项圈，颈部饰火焰纹，前后肢和胸前肌肉隆暴，两胁肋骨突出，四爪趾指毕现，动态十足。头部眉、耳雕造夸张，怒目圆睁，披螺髻、留长须。特殊的是，在前肢之后雕出翅翼，应是为进一步神化铁狮的一种立意。为避免程式化，匠师在两狮的动态上给予了不同的处理。东侧之狮足踏绣球，口颊大张、獠牙外露，一副凶猛形象，为公狮。西侧之狮闭嘴，左足扶着一头仰头向上的幼狮，显出母狮的慈爱本性。这种造型，后世称为"太师少师"之像，有着护佑主人官秩连升的美好寓意。

两头铁狮雄踞月台之上，为大殿、为庙院平添了无限生机。

经　幢

经幢立于山门外之右侧，与国保标志碑遥相对应，通高约四米，传为1978年从汾阳见喜村某佛寺移置于此。

幢，原是中国古代仪仗中的旌幡，是在竿上加丝织物做成，又称幢幡。由于印度佛教的传入，特别是唐代中期佛教密宗的传入，人们开始将佛经或佛像书写、摹绘在丝织的幢幡上。为保持经久不毁，后来人们又将经文刻制在造型类似的石柱上，因此称为经幢。经幢一般由幢顶、幢身和基座三部分组成。主体是幢身，刻有佛教密宗的咒文或经文、佛像等，多呈六角或八角形，基座和幢顶则雕饰花卉、云纹以及佛、菩萨像。

据张驭寰先生考证，汾州是唐代山西佛教的四大主要的传播基地之一，梵宇林立，高僧辈出，曾出现过空王佛和志本禅师等著名佛传人物，对其他地区的佛教传播产生过十分广泛的影响。在这种背景下，各种佛教文物应运而生，现存经幢正是对这一说法的实物支撑。

与他处经幢不同，本幢幢身比例硕大、文字华美。据自铭，经幢建于唐开元七年（719）。幢首刻"金刚般若经"五个大字，下镌《金刚经》三十二品全文，是鸠摩罗什首译本。因本经文意浅显，易于诵读，故抄录如下。文云：

> 如是我闻，一时，佛在舍卫国祇树给孤独园，与大比丘众千二百五十人俱。尔时，世尊食时，着衣持钵，入舍卫大城乞食。于其城中，次第乞已，还至本处。饭食讫，收衣钵，洗足已，敷座而坐。
>
> 时，长老须菩提在大众中即从座起，偏袒右肩，右膝着地，合掌恭敬而白佛言："希有！世尊！如来善护念诸菩萨，善付嘱诸菩萨。世尊！善男子、善女人，发阿耨多罗三藐三菩提心，应云何住？云何降伏其心？"佛言："善哉，善哉。须菩提！如汝所说，如来善护念诸菩萨，善付嘱诸菩萨。汝今谛听！当为汝说：善男子、善女人，发阿耨多罗三藐三菩提心，应如是住，如是降伏其心。""唯然，世尊！愿乐欲闻。"
>
> 佛告须菩提："诸菩萨摩诃萨应如是降伏其心！所有一切众生之类：若卵生、若胎生、若湿生、若化生；若有色、若无色；若有想、若无想、若非有想非无想，我皆令入无余涅槃而灭度之。如是灭度无量无数无边众生，实无众生得灭度者。何以故？须菩提！若菩萨有我相、人相、众生相、寿者相，即非菩萨。"
>
> "复次，须菩提！菩萨于法，应无所住，行于布施，所谓不住色

经幢外观

147

布施，不住声香味触法布施。须菩提！菩萨应如是布施，不住于相。何以故？若菩萨不住相布施，其福德不可思量。须菩提！于意云何？东方虚空可思量不？""不也，世尊！""须菩提！南西北方四维上下虚空可思量不？""不也，世尊！""须菩提！菩萨无住相布施，福德亦复如是不可思量。须菩提！菩萨但应如所教住。"

"须菩提！于意云何？可以身相见如来不？""不也，世尊！不可以身相得见如来。何以故？如来所说身相，即非身相。"佛告须菩提："凡所有相，皆是虚妄。若见诸相非相，则见如来。"

须菩提白佛言："世尊！颇有众生，得闻如是言说章句，生实信不？"佛告须菩提："莫作是说。如来灭后，后五百岁，有持戒修福者，于此章句能生信心，以此为实，当知是人不于一佛二佛三四五佛而种善根，已于无量千万佛所种诸善根，闻是章句，乃至一念生净信者，须菩提！如来悉知悉见，是诸众生得如是无量福德。何以故？是诸众生无复我相、人相、众生相、寿者相；无法相，亦无非法相。何以故？是诸众生若心取相，则为著我人众生寿者。若取法相，即著我人众生寿者。何以故？若取非法相，即著我人众生寿者，是故不应取法，不应取非法。以是义故，如来常说：'汝等比丘，知我说法，如筏喻者；法尚应舍，何况非法。'"

"须菩提！于意云何？如来得阿耨多罗三藐三菩提耶？如来有所说法耶？"须菩提言："如我解佛所说义，无有定法名阿耨多罗三藐三菩提，亦无有定法，如来可说。何以故？如来所说法，皆不可取、不可说、非法、非非法。所以者何？一切贤圣，皆以无为法而有差别。"

"须菩提！于意云何？若人满三千大千世界七宝以用布施，是人所得福德，宁为多不？"须菩提言："甚多，世尊！何以故？是福德即非福德性，是故如来说福德多。""若复有人，于此经中受持乃至四句偈等为他人说，其福胜彼。何以故？须菩提！一切诸佛，及诸佛阿耨多罗三藐三菩提法，皆从此经出。须菩提！所谓佛法者，即非佛法。"

"须菩提！于意云何？须陀洹能作是念：'我得须陀洹果'不？"须菩提言："不也，世尊！何以故？须陀洹名为入流，而无所入，不入色声香味触法，是名须陀洹。""须菩提！于意云何？斯陀含能作是念：'我得斯陀含果'不？"须菩提言："不也，世尊！何以故？斯陀含名一往来，而实无往来，是名斯陀含。""须菩提！于意云何？阿那含能作是念：'我得阿那含果'不？"须菩提言："不也，世尊！何以故？阿那含名为不来，而实无不来，是故名阿那含。""须菩提！于意云何？阿罗汉能作是念，'我得阿罗汉道'不？"须菩提言："不也，世尊！何以故？实无有法名阿罗汉。世尊！"若阿罗汉作是念：'我得阿罗汉道'，即为著我人众生寿者。世尊！佛说我得无诤三昧，人中最为第一，是第一离欲阿罗汉。世尊，我不作是念：'我是离欲阿罗汉'。世尊！我若作是念：'我得阿罗汉道'，世尊则不说须菩提是乐阿兰那行者！以须菩提实无所行，而名须菩提是乐阿兰那行。

……

"须菩提！于意云何？汝等勿谓如来作是念：'我当度众生。'须菩提！莫作是念。何以故？实无有众生如来度者。若有众生如来度者，如来即有我、人、众生、寿者。须菩提！如来说有我者，则非有我，而凡夫之人以为有我。须菩提！凡夫者，如来说即非凡夫，是名凡夫。"

"须菩提！于意云何？可以三十二相观如来不？"须菩提言："如是！如是！以三十二相观如来。"佛言："须菩提！若以三十二相观如来者，转轮圣王即是如来。"须菩提白佛言："世尊！如我解佛所说义，不应以三十二相观如来。"尔时，世尊而说偈言："若以色见我，以音声求我，是人行邪道，不能见如来"

"须菩提！汝若作是念：'如来不以具足相故，得阿耨多罗三藐三菩提。'须菩提！莫作是念，'如来不以具足相故，得阿耨多罗三藐三菩提。'须菩提！汝若作是念，发阿耨多罗三藐三菩提心者说诸法断灭。莫作是念！何以故？发阿耨多罗三藐三菩提心者于法不说断灭相。"

"须菩提！若菩萨以满恒河沙等世界七宝持用布施；若复有人知一切法无我，得成于忍，此菩萨胜前菩萨所得功德。何以故？须菩提！以诸菩萨不受福德故。"须菩提白佛言："世尊！云何菩萨不受福德？""须菩提！菩萨所作福德，不应贪著，是故说不受福德。"

"须菩提！若有人言：'如来若来若去、若坐若卧'，是人不解我所说义。何以故？如来者，无所从来，亦无所去，故名如来。"

"须菩提！若善男子、善女人，以三千大千世界碎为微尘，于意云何？是微尘众宁为多不？"须菩提言："甚多，世尊！何以故？若是微尘众实有者，佛则不说是微尘众，所以者何？佛说微尘众，即非微尘众，是名微尘众。世尊！如来所说三千大千世界，即非世界，是名世界。何以故？若世界实有者，即是一合相。如来说一合相则非一合相，是名一合相。""须菩提！一合相者，即是不可说，但凡夫之人贪著其事。"

"须菩提！若人言佛说我见、人见、众生见、寿者见。须菩提！于意云何？是人解我所说义不？""不也，世尊！是人不解如来所说义。何以故？世尊说我见、人见、众生见、寿者见即非我见、人见、众生见、寿者见，是名我见、人见、众生见、寿者见。""须菩提！发阿耨多罗三藐三菩提心者，于一切法，应如是知，如是见，如是信解，不生法相。须菩提！所言法相者，如来说即非法相，是名法相。"

"须菩提！若有人以满无量阿僧祇世界七宝持用布施，若有善男子、善女人发菩提心者，持于此经，乃至四句偈等，受持读诵，为人演说，其福胜彼。云何为人演说？不取于相，如如不动。何以故？""一切有为法，如梦幻泡影，如露亦如电，应作如是观。"

佛说是经已，长老须菩提及诸比丘、比丘尼、优婆塞、优婆夷，一切世间天、人、阿修罗，闻佛所说，皆大欢喜，信受奉行。

大唐开元七年岁在己未

《金刚经》在中国佛教界流行极为普遍，是佛教著名经典。此经以一实相之理为体，以无住为宗，以断疑为用，以大乘为教相。卷末四句偈文："一切有为法，如梦幻泡影，如露亦如电，应作如是观"，被称为一经之精髓。意为世界上一切事物都是空幻不实，"实相者则是非相"，认为应"远离一切诸相"而"无所住"，即对现实世界不执着或留恋。由于此经以空慧为体，说一切法无我之理。兼之篇幅适中，不过于浩瀚，也不失之简略，故历来弘传甚盛，特别为惠能以后的禅宗所重。如三论、天台、贤首、唯识各宗，都有注疏。尤以唐宋以来盛极一时的禅宗，与本经结有深厚的因缘。传说参礼黄梅的六祖慧能，就是听了本经"应无所住而生其心"而开悟。六祖以前，禅宗以楞伽印心，此后金刚经即代替了楞伽。宋代对出家人的考试，设有金刚经一科，可见其弘通之盛，经文的理念也由此更加深入人心。

经文中的主要人物如来，即释迦牟尼，又称世尊、释尊，为佛教教祖。另一个人物须菩提，出生于婆罗门教家庭，是古印度拘萨罗国舍卫城长者鸠留之子，佛陀十大弟子之一，以"恒乐安定、善解空义、志在空寂"著称，号称"解空第一"。《金刚般若波罗蜜经》与《论语》的笔法如出一辙，是须菩提与佛陀在般若会上的对谈记录，通过对话内容表现了佛陀的真实思想。相对于其他佛教经典，它显得更贴近生活实际。

本幢一反流行的镌刻《陀罗尼经》短经文的唐宋习俗，洋洋六千言如一气呵成，足见当时佛教的兴盛和信徒的虔诚，是佛教经幢中少见的倾心之作。

本幢建造年代为唐开元七年（719），比习见的唐晚期实物要早一个世纪，极有可能是我国现存经幢实物中建造时代最早的。不仅有很高的文物价值，也可资人们对相关佛教和经幢的流播情况进行进一步的深入研究。

本幢基座作八角束腰须弥座,三层,有残,表面线刻已多风化。底层下枋逐层收缩,束腰部位转角部位雕出竹节柱,上枭部位刻出仰莲瓣。幢顶作宝刹形制,分七层,有露台刹座、腰檐、刹身、上檐、宝顶等仿建筑构件,八面之刹座上雕覆莲垂幔和山蕉叶纹饰,刹身下浮雕山形祥云,腰檐檐角略翘、檐口呈弧形,宝顶上半部分为葫芦状,下层三层浮雕莲瓣纹仍清晰可见。幢身碑文均刻于方格之内(似乎是唐碑的一种风格),虽为楷书,但结体上仍带有明显的魏碑风范,也

幢顶

或者是一种隶楷过渡时期的中间体,为众多书家所珍视。

目前,幢身有三个面的文字保存较为完好。石质为水成岩,易于风化,是为本石幢美中不足处。

佛 像

太符观存有大大小小佛像达三十余尊,虽僻处一室,但其价值较大,是"文革"破坏庙宇之风无意中带给这一道观的一份礼物,佛道

幢身文字

同堂，正暗合了明清以降佛道不分家的民间习俗。

这些外来佛像可分两类，一类是泥塑，一类是木雕。当年的迁移情况已不太明了，但可能不是来自一个寺院。这批佛与菩萨像因为背景材料的缺失，而且像本身多已残损，所以其时代和身份都有了一定的定性困难。总体来看，其明代雕塑的风格仍然比较鲜明。佛像通肩袈裟、褒衣博带，面相圆润丰满，敦厚温和，慈祥，不怒自威。菩萨首戴天冠、衣曳飘带虽受到宗教雕塑程式化的限制，但仍体现出超凡脱俗的"佛"和芸芸众生中"人"完美结合的一面。总之，它们在面相雕造、衣纹处理、手印刻画及其坐姿（大多为结跏趺坐）的处理上仍给人留下深刻印象。

我国木雕艺术成熟于唐代，具有造型凝练、刀法熟练流畅、线条清晰明快的工艺特点。太符观所存木雕像鲜明地体现了上述特点，是这批雕塑中的上佳之作。特别是韦驮站像，并没有沿袭武士像的一般常规，将面部雕作广颊丰颐的菩萨之容。金妆铠甲具其外，洞明一切具其内。

传说存要

众多乡村寺庙因为其功能的特殊和建筑历史的久远，往往成为民间传说的载体。这些传说有的甚至就是本庙创建的缘起。太原晋祠水母楼就是一个典型例子。同时，还有相当一部分传说，则或是对庙内神灵的神化，或是因为史实而产生。这些传说，虽然难以稽考，但它是庙宇建筑不可分割的一个有机组成部分。有关太符观的民间传说很多，今择其一二，略作介绍，以便于人们对它进行进一步的感性了解。

上文已及，西殿之金柱上，塑有一条爪抓人头的黄龙，它是怎么回事呢？

飞龙抓人

"相传明朝某年，五岳四渎殿因为年久失修而进行了翻拆重建。能工巧匠们把五间殿堂内的梁架遍妆五彩，使大殿像皇宫一样金碧辉煌。同时，又按住持道士的意思，在大殿内塑出了五岳四渎神像。栩栩如生的一堂塑像完成以后，整个殿堂充满了神仙之气。开光那天，人山人海，人们对新殿新塑赞不绝口。开光过后，一派香烟缭绕中，信众随着音乐声鱼贯而入，顶礼膜拜。

看着这一派欢乐景象，主持工程的道长长嘘出一口气。最初的心愿终于达到，一件谋划已久的大事终于完成了。

人流渐少，因故来迟的村中纠首来到太符观。焚香朝拜后，他细细地察看了焕然一新的殿堂。当他看到塑像特别是两壁的悬塑后，对匠师的手艺大加赞赏："真是活灵活现啊，这下咱们太符观就更灵验了。"当看到殿中素净无饰的四根金柱时，随口说了一句："这里要是塑上盘龙就更好了。"

说者无心，听者有意。跟随在一边的道长觉得很有道理。于是，他恳求塑像的匠师们留下来，要他们再在柱上补塑四条飞龙。

飞龙是什么样子，谁也没有见过。飞龙塑成什么样子才能吸引香客？正殿龙塑完成以后，似乎并没有引起人们太大的关注。但当时匠师们整日苦思冥想，整日构思这种想象中的动物，陷入创作的苦恼之中。

这里且按下不提。

说的是距太符观东北三十里之外，有一个文水县的一个村庄，叫好礼村。因为建在官道旁边，行旅人众，商业繁荣，所以车水马龙，倒也热闹，远非一般穷乡僻壤可比。村民与外界多有交集，视野广阔，所以也多知文尚礼。这正是"好礼"村村名的缘由。

村中有一位过门三年的新媳妇，平时很喜好打扮，面容姣好，口齿也伶俐，接人待物很有一套，人们都说他家娶了一个好媳妇。但她实际上是只有一张好嘴。虽然开始哄得大家都高兴，但慢慢就知道她内心并没有表面那样光鲜。比方，虽然家里穷得叮当响，但她不仅不劳动，还仗着怀有身孕，常常背着丈夫和重病的婆婆在街上买东西偷吃。

这一天，因为平常吃不饱而饿得黄皮寡瘦的病榻上的婆婆提出在临终前想吃一顿肉。媳妇和往常一样，当着丈夫的面，满口答应了。婆婆于是十分感激，一念之下，褪出戴在手上的金筒箍给了她。答应是答应了，但要她掏钱买肉，那是揪心割肉的难事。她琢磨来琢磨去，终于想出了一个歪点子，便和丈夫商量。起先，丈夫还死活不同意，但经不起她软磨硬泡，最后不得不答应了。等到临盆那天，她趁接生婆不注意，偷偷将胎盘藏在了一边。数日后，她将那胎盘放些佐料炖了，端给婆婆吃。婆婆因为这"肉"散发着阵阵怪味，一口也吃不下。这下惹得媳妇大为光火，一顿没完没了的奚落，把能想到的难听话说了个遍。最后，婆婆一口痰上不来，一下子背死过去。

　　这天一早起，天就阴沉沉的，天上不断地响起由远及近的雷声，黑云好像就要把整个村子吞没了。丈夫想着地里野草快掩人了，着急出门锄庄稼。媳妇看着满天的乌云，内心一阵阵的害怕，拽着丈夫不让走。男人知道自己做了缺德的事，总觉得是因为自己的不孝才使母亲提前离世，所以对她产生了一肚子怨气。见她这样，一甩袖子，扛了把锄头出门而去。

　　天越来越暗，闪电钻透乌黑的云层把天空划成一片一片。突然，一声炸雷响处，一个滚动的火球从天上飘飘忽忽飞进村里，一直飞进她家的窗户。这时，媳妇正在梳头，案上是她左一盒右一盒的脂粉。这火球进了门户，直直地掳了她的人头。鲜血淋漓中，又飘飘忽忽飞到田里，掳了她丈夫的半截身子，一路向南而来。可能因为男人身子重，半路上，身子突然从半空中摔了下来，跌入子夏山的山涧之中，喂了虎狼。然后，火球又一直向前，飘飘忽忽地飞进了太符观，飞进了西配殿，现作龙身，一下盘附在殿内的第三根柱上。那媳妇的人头血流不已，从家里到庙上滴了一路，以至把殿内的香案上都撒得血迹模糊。

　　事后，善良的村人循着血迹，一路找来，才知道她已被飞龙抓来盘在柱上。据说，当时她的头上还插着一把梳子。人们知道这是天公发怒，惩罚那些作恶多端之人，目的是对那些不孝敬的后代作警示。

　　雕塑的匠师就根据这条黄龙的形象，又在其他三根金柱上补塑了另外三条几乎一模一样的升龙。而"好礼"村人回去后，终于悟出'好礼'不如'孝义'的道理，于是一致商议改村名为'孝义'村。"

　　村名虽然文字上改过来了，但至今，民间称呼"孝义村"还是沿用旧的口语习惯，称其为好礼村。

神佑隐身

在一个特殊的时代,太符观于 1977 年到 1978 年进行了大规模的维修。庙宇由国家拨款进行维修,这在当年是十分奇怪的事情。这件事,对人们产生了极其巨大的心理冲击。毕竟,文物保护,当年是一个闻所未闻的名词。此外,又因为当时的中华人民共和国主席华国锋同志正在主持全党工作,且他曾在汾阳工作和战斗过,附会之下,又产生了一个传说。

1939 年 1 月,山西牺盟总会太原中心区派特派员华国锋等来到汾阳西北山区,组建了牺盟会汾北县分会,华国锋任分会秘书,分会地址设在峪道河镇熬坡村。华国锋在汾虽仅短短的四个来月,但他的足迹踏遍了汾阳北部边山的每个山庄窝铺,在与群众同吃、同住、同劳动中宣传抗日道理;整顿农救会、青救会、妇救会等各级群众抗日组织;动员群众囤积公粮支援部队,坚壁清野防敌扫荡。这段日子里,他组建自卫队,土法造地雷,曾带领自卫队员在开垣庄村东口摆下地雷阵,炸跑到边山抢掠群众财物的驻罗城据点日伪军。

1939 年 3 月中旬的一天,华国锋等组织边山各村自卫队员二百余人趁夜破坏了罗城段两公里长的太汾公路,配合保安支队打了个漂亮的伏击战。3 月 25 日,华国锋等四人受牺盟太原中心区委派参加秋林会议,并从此调离汾阳。

故事讲的是:1939 年春的一天,他从交城匆匆赶回。眼看就要到峪道河了,对面突然出现一队荷枪实弹的日本兵。因他只身一人又身佩武器,为避开日军盘查,就急急离开公路向北一路跑去。没有想到的是,他的行踪已被日军察觉,于是大呼小叫地一路追来。穿过郭栅村,是一道又一道坎坡,田野里飞扬起了荡起的一股股沙尘。鬼子叽里呱啦的叫喊声伴随着枪声一起响了起来,在寂静的早春里显得特别刺耳。

华国锋同志在沟坎与树木的掩护下,一路向前,进入上庙村中。为了不连累老百姓，眼看家家户户紧闭的大门，他一个转身，急步跨进了太符观的山门。匆匆把门关上后，就急步跑入后院。他站在后院院墙前扶墙一看，庙后几百米内全是一马平川，甚至不见高大的树木，没有自己的藏身之所，他一下懵了。这时，鬼子急促的脚步声已到山门前面，拉枪栓的声音、踹门的声音相继响起。

正在焦急中，他见昊天殿板门大开，便一脚迈进去，心想只能是听天由命了。说时迟那时快，一群鬼子早已砸破山门蜂拥而入。鬼子从关帝殿搜到二郎殿，再从马王殿穿过，从圣母殿搜到五岳殿，全然不见一个人的踪影，把鬼子头气得哇啦哇啦大叫。鬼子只好把希望寄托在了昊天殿内。只见殿内光线幽暗，神像林立，显得十分阴森可怖。鬼子刺刀的寒光在神像前后一闪一闪，他们壮着胆子把殿里殿外和神龛前后搜了个遍，竟然不见一个人影。墙角、神龛后、神像后，没有人，只有一股股挥之不去的神秘气息。这时，神龛之上的天花板上忽然"扑棱棱"飞出两只鸽子，循着门口的光亮，轻松地一展双翼飞向天空。鬼子们于是犯傻了，叽里咕噜地猜测了半天，一个大活人跑哪儿去了呢？

灰蒙蒙的天空下，一阵紧似一阵的西北风掠过殿顶、掠过树梢，只留下一片凄凉。黔驴技穷的鬼子只好对着天空乱放了一阵空枪，三五一伙地窃语着沮丧地回据点去了。

鬼子走后，华国锋的身影从玉皇像的后面灵巧地闪出。他敏捷地跳下神台，紧一紧衣带，迈着稳健的步伐转身向峪道河方向大踏步走去。

也许正因为这个传说的流播，1977年冬，太符观被民间进一步神秘化。以太符观为中心，太汾公路（今307国道）两侧的数十上百个村庄的群众几乎在一夜之间全成了玉皇信徒。因由是："玉皇大帝今年显灵了，正在给民间发送仙丹妙药。"和其他民间说法一样，能够"验证"的，是某村某某已求得仙药，治好了十年不愈的老病。于是乎，一到晚上，成千上万的群众在收工后，从四面八方向太符观一路拥来，共同一个目标——求药。那时，庙院内外、庙院前后，摩肩接踵，跪下了黑压压的一批又一批人。人们在前面叠放着一方裱纸，口中念念有词，都在静静等待上天的恩赐。

　　实际上，人们求到的，仅仅是黄土高原地区整日弥漫的沙尘，哪有什么仙药？而在当时，这些沙尘都将会被小心翼翼地包回家，给病人服用。至今也无人能够说清，或许，这种"心理药物"曾经治好过不少人的病吧！

后 话

春天是一个美妙的季节,这个季节会让人生发出无数美妙的企盼。在一个春日,因了一些缘由,又一次踏进太符观。一切景物依旧,而内心颇感不同,所谓"年年岁岁花相似"了。时光像流水一般,静静地从木缝中、瓦楞间淌过,把它们的青春罩上了一层层代表年华的包浆。古老的建筑,虽然无语,但世间的一切变故它似乎都了然在胸。花草树木,岁岁枯荣,而变化最大的,是人。在牡丹花的香气中,斜阳之下,各个殿堂在眼中越来越显得神秘。这种神秘不是来自感觉,而是来自它独一无二的文化。

虽然规模不是很大,但是它的个性是如此之强烈。它的建筑,它的雕塑,它的一切,让人不得不产生敬畏而仰视之。它不同于一些身份显赫的同行,早早地被皇帝赐额授匾,但民间草创的风格,更让人回味起古代平民的呼吸。历史是文人写出来的,满纸是文臣武将的阴谋与鲜血。而历史是人民创造的,汗水早已浸透了每一寸土地。在古建筑里,我们可以找到先人的迷茫、艰辛、巧智,以至他们的悲欢忧愁。这里,曾经有多少人倾吐过隐秘的心愿,又上演过多少场面宏阔的故事!

当现代化的风尘暂息,我们需要抚慰的是征痕斑斑的心灵。我们可以不需要宗教,但我们不可以忘却祖先。我们有必要对祖先的足迹进行研读,从他们的行踪里探讨一些可以安置灵魂的东西。把节奏放慢一点,才会更真实地找到我们的存在。有人说美即教化,虽然过于理想,但它可以作为我们的一种追求方式。

郭君和卢君在血与火的洗礼中完成了他们的一生,把铭记功绩的石碑树立到了家乡的沃土之上。杜牧吟诵着他的诗在风中踽踽远行,日本的圆仁和尚为我们留下了一箱厚厚的关于唐代风土人情的日记,也走了。宋兵在与金兵对峙的刀光剑影中一路溃败,把大片大片的土地送给了欲壑难填的女真人。朱彝尊和顾炎武曾在这里找到过怦然心动的激奋,梁思成们又将古建筑的研究引入一个新的时代。

这些远逝的故事,太符观都听说过,或者曾经亲眼看见。八百年来,它在几十代人前仆后继的经营之下,从里到外充满了人类的崇拜香火和智慧之光。它见证着历史的进程,也提供着历史的信息。

在经过多次大规模的人为破坏,众多寺观庙宇被毁于一旦之后,太符观能够较为完好地保存下来,算得上是一个奇迹。据说是当年村人为了让它躲开毁灭一切的政治气候,不动声色地把它改作村中的集体仓库。集体利益高于一切,外人因之不得入内。太符观躲过一劫,就这样孤独地保留了下来。

面对这样一个丰厚的历史文化载体,常常使我感觉自己渺小而无知。这种感觉,可能也是众多游客的感觉。这种懵懂,正是因为多少年来,许多优秀的传统文化被人为割裂以至扼杀,使得人们面对自己的文化变得陌生、变得费解,变得莫名其妙起来。古代文化,曾经被人"无用"化甚至"妖魔化",和人对立、割裂起来,变成了一道"远方的风景"。以至,人们对本土文化的了解还不如异域文化那样,是杯觥交错中可资炫耀的谈资。这种缺失,可悲可哀。文化,是民族的血脉,体现着前人孜孜以求的精神世界,应当像姓氏、像语言那样,一代一代传承下去,并发扬光大。

那个看庙、尿尿、拍照的旅游时代正在过去,年轻一代承担起了厚重的历史,自行车或者私家车,正悄悄驶进太符观。一双双解读的眼神告诉世界,新一代的视野更为广阔。在这种知其然和知其所以然的嬗变中,是理念的更新,是创意的生发,是希望的接地,是民族振兴的生生不息之力。在古老建筑的大厦之下，富有传统色彩的文化元素正在随着时代的变革而在传承中延续。

　　书名为《太符观的秘密》，只是一句导语式的词汇，秘密之外的秘密应当还有好多。真正要解密太符观，需要作者有更深的文化底蕴。笔者因了对太符观的感情，不揣浅陋妄做介绍，是有一种想让它更加引人注意的私心。但认真地去关注一件事物，确会得到预先想不到的收获，算是"开卷有益"的一种。

　　收笔的时候，正逢又一个热烈的夏天款款而至。在这方有六千多年历史的人类遗址上，早春的和风和几场透雨催发了一地的绿意，到处是蓊蓊郁郁的生命之力在勃发。庙后的子夏山由灰转青，绿色经营着叠加交错的座座山峰，在蓝天下显得生机无限。庙院里也全被鹅黄、苍翠、嫩绿等装扮出来，到处是一派盎然之象。

　　显然，生命的荣枯是一种轮回，其实是没有止境的。

2014 年 6 月